MARTINA C. BUND

Wir nennen es leben

Erzählung

Bibliografische Information der Deutschen Nationalbibliothek: Die Deutsche Nationalbibliothek verzeichnet diese Publikation in der Deutschen Nationalbibliografie, detaillierte bibliografische Daten sind im Internet über http://dnb.dnb.de abrufbar.

Herstellung und Verlag
BoD – Books on Demand, Norderstedt
Erstveröffentlichung Oberbaum Verlag 2008
Cover:Foto u.Bild Acryl auf Leinwand, M. Bund

Für Ben

Was in dieser Geschichte erzählt wird, ist größtenteils wahr.
Um Personen zu schützen, wurden viele Namen geändert.

1. KAPITEL

Vorgeschichte

Im *Bristol Hotel Kempinski Berlin* sah ich ihn zum ersten Mal. Sie hatten ihn als Barkeeper eingestellt.

Norbert mit den blauen Kristallaugen, österreichischer Landadel.

Ich war im ersten Lehrjahr. Wir rauchten damals noch und fanden es cool.

Ich verliebte mich.

Er nicht.

Norbert hatte immer eine andere, die gerade angesagter war. Mich fand er Klasse, weil ich einen *Karmann Ghia* fuhr und eine Wohnung in der Fasanenstraße hatte, neben dem Literaturhaus.

Ab und zu hab ich ihm einen geblasen.

Es war so vertraut, fast geschwisterlich.

Als die Mauer fiel, fuhren wir mal rüber, im Schritttempo.

Das Brandenburger Tor für den Verkehr gesperrt; Trabbi-Gestank, Ungewohnte Geräusche, Mopeds mit Beifahrersitz, Schlaglöcher.

Es roch anders.

Von Berlin-Mitte, Hoppegarten, KW nach Potsdam. Es gab weite Felder, hügelige Landschaften und Seen. Unterwegs wollten wir Picknicken, fuhren an Feldwegen entlang, immer weiter an den Bahnschienen, in den Wald. Wir liebten uns zwischen Ameisen und griechischem Joghurt und als Beweis dafür, dass wir da waren, banden wir meine Perlonstrümpfe um die Birken und lachten bis wir umfielen.

Es war eine entspannte Zeit.

Es gab ja keine Mauer mehr.

Wir fuhren einfach weiter. Irgendwann, wenn der Abend kam und der Tank leer war, kehrten wir Heim.

Norbert war wegen seiner Heimatuntreue von seinem Vater enterbt worden. Er lebte über seine Verhältnisse und lief in weißen Hosen und Trenchcoat rum. Aber mir gefiel er, weil er so anders war.

Mich verglich man mit Joan Collins oder Liz Taylor. Wer hat schon was dagegen? Ich selbst sah mich eher als ein rebellierendes, sommer-sprossiges Exemplar der neuen Modesty Blaise, die die Welt aus den Angeln heben wollte. Brünettes langes Haar, gut gebaut.

Wie oft kam Norbert und bat mich um Geld, so wie ich meine Oma. Ich bezahlte, habe nie etwas zurückerwartet.

Was ich nicht verstand, war Norberts Vorliebe für Drogen.

Er selbst hat sich als Drogenexperte ausgegeben, hab das nicht so ernst genommen.

Ich war naturbreit, brauchte das alles nicht.

Hab nicht begriffen, wie Drogen ihn nach und nach verändert haben.

Ein anderer Norbert lebt jetzt in ihm.

Gefühle wie Beton.

11 Jahre später

Es gibt Tage, an denen ändert sich plötzlich die Welt.

Ich habe bei Roberta etwas gegessen. Bratkartoffeln und Salat, und eine Siesta in ihrem Gästezimmer gehalten. Sie vermietet es gern an Berlinbesucher, um ihre schmale Rente aufzubessern.

Wie eine Mama ist sie zu mir.

Roberta war Oberschwester. Eigentlich ist sie mehr Künstlerin, komponiert und singt und besitzt, passend zur Haarfarbe, irischen Humor. Sie verfügt über eine Klarheit, die ich in meinem Elternhaus immer vermisst habe.

Ich muss in einer Stunde zur Geschäftspräsentation ins *Excelsior*, Wie jede Woche.

Was soll ich Leuten erzählen, die noch nie etwas von meinem Business gehört haben? Network Marketing. Ein Geschäft im Wellness und Gesundheitsbereich. Es geht um Produkte, die natürliche Energien nutzen, um den Körper in Balance zu halten. Ich arbeite selbständig für einen japanischen Konzern, der weltweit ganzheitliche Wellnessprodukte über das Vertriebsnetz verkauft.

Meine Aufgabe ist es, Menschen zu finden, die durch die Produkte mehr körperliches Wohlbefinden erreichen wollen und gleichzeitig Geschäftspartner in die finanzielle Freiheit zu begleiten für ein selbstbestimmtes Leben im Network Marketing. Kann man das verstehen? Network Marketing war für mich schon immer rätselhaft und abenteuerlich.

Heute sind andere Referenten dran.

Zum Glück. Meine Gedanken sind woanders.

Zwischen den Terminen habe ich einen Schwangerschaftstest besorgt, wie schon so oft.

Als ich heute das Ergebnis sehe, fühle ich mich wie auf Wolken.

„Melanie, du bist alt genug. Freu dich!" Roberta hat Recht, mit 34 hat man vielleicht das halbe Leben schon hinter sich.

Ich drehe und wende das Stäbchen, das Ergebnis bleibt positiv.

Muss los. Kann an nichts anderes mehr denken.

Am selben Abend noch bringe ich Norbert die frohe Botschaft. Er ist dagegen.

„Mach es weg. Ein Kind ist kein Haustier. Mach es weg!"

Gemischte Gefühle.

Ich kann es kaum fassen.

Heute habe ich erfahren, dass wir ein Baby kriegen.

Habe es Norbert gesagt und hatte Bammel davor.

Er ist dagegen. Bin so traurig.

In einer anderen finanziellen Lage hätte er vielleicht anders reagiert. Mit seinem ersten Sohn geht er so liebevoll um. Verstehe das nicht.

Was habe ich im Geschäft getan? Was habe ich verkauft? Ich komme auf dreizehn neue Kunden mit einem Umsatz von rund 10.000,- DM. Hätte nicht gedacht, dass ich einen so hohen Pro-Kopf-Umsatz habe. Jeden zweiten Tag Telefonkonferenzen mit meinen Vertriebspartnern.

Die Wochen danach erlebe ich eine furchtbare Zeit. Norbert redet permanent auf mich ein. Er will, dass

ich unser Kind abtreibe. Er will es nicht. Egal was er sagt. Für mich steht fest, ich will mein Baby.
Ich will, dass du lebst.

Grund für meinen Entschluss war wohl die Abtreibung in Griechenland gewesen.
Ich war einundzwanzig, verliebt in Costas.
Aus dem Urlaubsflirt wurde Ernst.
Wir pendelten zwischen Athen und Berlin.
Meine Welt bestand aus diesem, so glaubte ich, gebildeten Adonis und unserer Zukunft. Sein Bruder Nico war immer sehr direkt zu mir:
„You could be a star. With five kilos less!"
Wie charmant. Nico, Costas und ich hatten drei Läden in Chalkidiki, von seinem Vater als Investition für unsere Zukunft anvertraut bekommen. Eine Taverne, einen Supermarkt, eine Disco. Es lief gut. Sieben Tage die Woche gab ich mein Bestes in unserer Open-Air-Disco am Meer. Ich organisierte das Personal, das Warenlager und mixte immer neue Cocktails. Unser Business war der Hit. Wir verdienten richtig gut. Wenn die Sonne aufging, brachte ich die Geldbombe ins Nachbarhotel, das Personal nach Hause und legte

mich für ein paar Stunden hin. Wenn ich ins Bett kam, musste Costas schon wieder raus. Die Brötchen wurden im Supermarkt um sieben Uhr geliefert. Ich wurde schwanger, und wollte das Baby. Er nicht.

Ich brauchte Gewissheit.

Wir fuhren eine Stunde bis wir zu einer Gynäkologin kamen.

Die Praxis war leer, eher wie eine Altbauwohnung eingerichtet.

Die runde, ältere Frau, die sich als Ärztin ausgab, war groß.

Sie sprach Griechisch und Russisch. Beides verstand ich nicht. Costas übersetze mir ins Englisch: „du bist nicht schwanger. du hast nur eine Infektion vom Meereswasser. Sie wird dich behandeln!"

Ich vertraute ihm, kletterte auf den Stuhl. Sie nahm Eisenstangen und heißes Wasser.

Keine Betäubung. Ich erinnere mich an mein Zittern und an die Worte

„Poly ema, poly ema...

„Viel Blut, viel Blut..." das Einzige, was sie sagte, das Einzige, was ich verstand.

Nichts konnte ich in diesem Moment begreifen, weiß nicht, wo meine Seele war.

Vielleicht bei unserem Kind, das gerade starb.

Nach zwei Wochen hörten die Krämpfe auf.

Ich konnte nach Hause fliegen.

Mein Berliner Arzt bestätigte es.

Körperlich war ich mit einer Tennisball-großen Zyste davongekommen. Meine Seele aber hatte aufgehört zu atmen. Mein Kinderwunsch war eingebrannt.

In was für einer Welt leben wir?

Seit Griechenland sind fünfzehn Jahre vergangen.

Die Schwangerschaft erlebe ich angenehm. Es geht mir gut, keinerlei Übelkeit oder Beschwerden.

Habe schon Babysachen.

Ich suche nach einem Namen.

Habe mit sechs Fachberatern aus meinem Team gearbeitet. Ebenso mit Crosslinern in einem Monat zwei Präsentationen gegeben, war ein Wochenende auf dem Training Assistentin. Und ich dachte immer, ich sei faul.

Der geplante *Volvo* gibt mir zu Denken. Die Vertriebsleitung von „*Vitessa*" finanziert ihn nur umsatzbeteiligt. Falls es Differenzen gibt, muss ich den Rest drauflegen.
Mit Norbert habe ich auch Stress.
Die *Sixt*-Rechnung für sein Österreich-Wochenende ist bei mir abgebucht worden.

Vorbereitung auf die Frühlings-Expo. Es gibt wieder neue Produkte. Dienstag Wellnessvortrag, vorher Führungsmeeting.

Am Wochenende mit zwei neuen Fachberatern zur Geschäftseinführung ins Businesscenter am Halensee. Langsam wird´s mir schon zuviel.

Klinik-Info-Abend im Krankenhaus. Ich hab mich entschieden. Eine Wassergeburt!
Manon macht das auch.

Bin sauer auf Norbert, weil er sich nicht kümmert.

Zwei Freunde sind an Krebs gestorben.

Im besten Alter.

Susan hinterlässt drei kleine Kinder.

Matthias war gerade Vater geworden.

Ich werde verrückt bei dem Gedanken, dass es Hilfe gibt, und die „Verantwortlichen" keine Hilfe zulassen. Durch meine Dresdner Geschäftspartner erfuhr ich von einem Insider-Artikel der Schweizer *ZeitenSchrift*, den unglaublichen Entdeckungen des Phillip Day, der diese Enthüllungen in seinem Buch „Krebs. Stahl, Strahl, Chemo & Co: Vom langen Ende eines Schauermärchens" offenlegt. Es sei nachgewiesen, dass das Vitamin B17, vorkommend im Inneren von Aprikosenkernen, die es in jedem Bioladen gibt, lebensrettend sein kann. Wenn man das gelesen hat, stehen einem alle Haare zu Berge. Bin fassungslos, wie wir alle zusammen verheizt werden. Krebs.

Die Wahrheit kommt nie raus.

In jeder dritten Familie gibt es einen Krebsfall.

Und in jeder Familie wird das Möglichste getan. Jedoch die Pharmaindustrie kalkuliert anders. Wegen finanzieller Allmacht wird Millionen von Männern, Kindern und Frauen nicht geholfen.

Man lässt sie sterben.

Bastian Bruderherz hat heute 26. Geburtstag. Wir feiern im Tonstudio. Schon wieder viel Schnee auf den Straßen.

Norbert will uns nun beistehen, wir wollen es versuchen. Haben zusammen gekocht: Original Wiener Schnitzel und Salat.

Zum Nachtisch Streicheleinheiten.

Die Grätsche, Geschäftsfrau zu sein und meiner zukünftigen Verantwortung als Mutter nachzukommen, scheint nicht so leicht. Norbert hat noch immer keinen Job.

Er ist keine Stütze.

Mama und Papa bringen Kinderbettchen und Babysachen. Was habe ich als Kind alles gehört?

„Maikäfer flieg, dein Vater ist im Krieg.

Die Mutter ist in Pommerland, Pommerland ist abgebrannt, Maikäfer flieg!"

Vielleicht sind die Maikäfer deswegen so lange von der Bildfläche verschwunden, weil sie die Lieder unserer Eltern und Großeltern nicht mehr ertrugen.

Mein Babybauch ist rund und groß. Habe heute mein letztes Referat gehalten.

Bin traurig.

Schwimmen war traumhaft.

Ich schwebe mit meiner Kugel im warmen Wasser und freue mich auf mein Kind. Merkwürdig, so viele dicke Bäuche und trotzdem bleibt jeder für sich. Duschen, eincremen, und jeder watschelt wieder in sein Leben.

Die Pharmaindustrie ist der Wellnessbranche auf den Fersen. Alles was alternativ einen Durchbruch bringen könnte, wird zerpflückt.

Unsere Trinkwasserqualität ist sehr bedenklich.

Wir haben versucht das Berliner Trinkwasser auf Medikamentenrückstände prüfen zu lassen.

Kein Labor in Berlin will es tun.

Mein kleiner Schatz, du strampelst. du hast dich gedreht! Liegst mit dem Kopf nach unten, optimal! Erlebe meinen Körper neu.

Mit Norbert ein Sonntag im Bett.

Im Bioladen habe ich das Magazin *Bewusstsein* entdeckt. Der Bericht über „Klimakollaps durch Wettermanipulation" lässt mir den Atem stocken. Da steht: „Wussten Sie schon, dass

- Der Himmel über unseren Köpfen nachweisbar seit Frühjahr 2003 (möglicherweise schon seit 1999) mit einer Mischung aus Bariumsalzen und Aluminiumpulver besprüht wird, um das Wetter zu manipulieren – und dies auch in der Schweiz und Deutschland?

- Diese Sprühaktionen auf beinahe wöchentlicher Basis in weiten Teilen Europas stattfinden, und diese sowohl von den großen Fluglinien als auch von Militärtransportern der NATO (Boeing) ausgeführt werden?

- In vielen Medien (Presse, Radio, Fernsehen) Zensur herrscht, und Behörden darüber Stillschweigen bewahren? Dabei versuchen manche uns weiszumachen, die sich wegen des Sprühens bildende, zähe Wolkendecke sei ausschließlich auf die

Zunahme des Flugverkehrs zurückzuführen.

Man nennt es *Chemtrails*.

In welcher Welt werde ich mein Kind aufwachsen sehen?

Der Countdown läuft

Termin zur Flow-Messung im Krankenhaus. Alles super.

Für mein Baby!

Tobias, James, Jakob... oder wie auch immer du heißen wirst, noch neun Wochen haben wir beide vor uns. Nie wieder werden wir so eng verbunden sein. du hast es mir leicht gemacht. Bin neugierig, wer du bist, und wie du aussiehst. Habe alles für dich vorbereitet und wünsche uns eine schöne Geburt.

Ich hoffe, dass es dir immer gut geht. In Liebe,

deine Mama

21

Muss mich langsam aber sicher um neue Geschäftspartner kümmern, sonst wird der Geldhahn zugedreht.

Kann kaum schlafen. Mein Becken tut weh.

Die Geburt war wohl meine Schuld. Ich war über dem Termin. Es war heiß, die Haut spannte. Dummerweise habe ich mich nicht mit anderen Müttern unterhalten. Wahrscheinlich hätte mir auch keiner die Wahrheit gesagt. Ehrencodex?

Das erinnert mich an den afrikanischen Beschneidungsdreck, den sie „Ritual" nennen. Jeden Tag sterben Mädchen.

Junge Frauen werden für immer verstümmelt, nicht nur körperlich. Waris Diries *Wüstenblume* habe ich gelesen.

Es ist soweit

Katrin, Heilpraktikerin, lässt mir Globuli da, zur Geburtseinleitung.

Kaum berühren die Kügelchen meine Zunge, kommen die Wehen mit Macht. Halt! Kann man das wieder rückgängig machen? Hilfe! Atmung! Versuche einen Rhythmus zu finden. Denke an die Geburtsvorbereitung, wie sie uns gequält hat. Ich rufe Norbert an.

Erst abends kommt er.

Im Auto gehen mir Sachen durch den Kopf.

Ich kenne die Strecke auswendig, sage ihm wie er fahren muss. Beim Wickelkurs war ich immer allein. Das tat weh, zu sehen wie die anderen Väter besorgt waren und sich um ihre Frauen kümmerten.

Im Krankenhaus angekommen werde ich beruhigt, bekomme ein Zimmer. Kann nicht schlafen, immer im Kreis ums Bett herum, bis um 5 Uhr. Werde in den Kreissaal geschoben. Wie war das mit meiner Wassergeburt? Nach einer Stunde scheuchen sie mich aus dem warmen Wasser. Die Wehen sind so massiv, dass sie mir eine Rückenmark PDA setzen.

Keine Erleichterung.

Ich bestehe aus Atmung und Gebet.

Um mich herum schreien Frauen, als würden sie geschlachtet.

Ich verzweifle und lächle trotzdem wie Monalisa.

Keinen Schrei, keinen einzigen.

Ich atme.

Norbert ist zwar da, aber ich spüre ihn nicht. Habe keine wirkliche Bezugsperson, keine Hebamme, keinen Arzt der mir Mut macht.

Ich bin allein. Im afrikanischen Busch wäre ich zum Tode verurteilt.

Es sind 29 Stunden. Endlich ein Arzt der mich erlöst. Jetzt spüre ich keine Wehen mehr. Die Tränen laufen mir in die Ohren. Kaiserschnitt. Bin bei Bewusstsein als ein Team unser Kind befreit. Er schreit. Sein Kopf, knallrot, nach hinten spitz geformt, erinnert mich an einen Pharao.

Sie nehmen ihn mit.

Wir geben uns ein Küsschen. Das war´s.

Norbert reicht mir meinen Sohn, er ist gesund. Gott sei Dank! Er sucht nach der Brust. Habe noch keine Milch. Autsch, es kitzelt!

Wir schlafen bis lange in den Morgen.

du hast die Energie eines Engels.
Wie ist dein Name? Das Baby sagt Ja? Ja, Jakob.
Gratulationskarten, Telegramme, Blumensträuße
und Geschenke sammeln sich in unserem Zimmer.
Norberts Rosen lassen am nächsten Tag die Köpfe
hängen.
Drei Tage danach schmeißt er mir die Unterlagen
für die Namensgebung in mein Essen. Ich soll das
bitte schön gefälligst selber regeln, unten in der
Empfangshalle abgeben. „Schließlich ist es dein
Kind."

Das Leben zu Hause beginnt

Der Tag der Entlassung war heiß. Norbert holte uns ab. Jakob schläft.

Es gibt Momente, in denen macht das Herz Bilder für die Ewigkeit.

Die Zeit im Wochenbett vergeht wie in Zeitlupe. Stillen, Schlafen, Essen.

Jeden Morgen gibt´s Schrippen und Zeitungen und mitten auf dem Frühstückstisch liegt das Baby in der Wippe und erfreut mit neuen Grimassen. Norbert meint, er sähe aus wie Franz-Josef. Das Sonnenlicht ist ihm einfach noch zu hell, daher die starke Stirnfalte. Und mit dem Storchenbiß sieht er aus wie Gorbi. Aus heiterem Himmel kam noch eine Säuglingsakne dazu, sodass wir Fotos nur von hinten machen konnten. Zum Glück blieb es nicht so. Die Augenfarbe wandelte sich vom väterlichen Kristallblau zum mütterlichen Schokobraun. Wahrscheinlich hat das die Natur so eingerichtet: eine Woche Papa-Farbe, damit sie ihren Nachwuchs anerkennen. Wir haben sogar wieder Lust aufeinander.

Meine Welt gerät ins Wanken

Alles läuft harmonisch, bis zu dem Tag, als ich plötzlich Knieschmerzen bekomme. Am Abend kann ich kaum das Baby versorgen. Das Knie ist geschwollen, dick, heiß und tut sehr weh. Versuche Norbert in seiner Wohnung im Prenzl Berg zu erreichen. Am späten Abend erst kommt er. Im Krankenhaus punktieren sie mein linkes Knie ohne Betäubung, weil ich stille. Folter.

Jetzt kann ich endlich schreien. Nur können sie nichts finden und behalten mich da. Mit meinem Baby. In der Eile haben wir nichts mitgenommen. Norbert vergisst uns.

Ich versinke vor Scham.

Nach drei Tagen kommt er endlich, mit Zahnbürste und Strampelanzügen.

Er hat keine Zeit für uns.

Er hat Besuch von seinem Urlaubsflirt.

Sie ziehen um die Häuser.

Am Samstag nach der Visite bietet mir die Schwester an, entlassen zu werden.

Zu Hause ist der Kühlschrank leer.

Ausgeraubt. Alles Aufgebraucht für seinen Besuch.
Als Norbert noch den Müll rausbringen sollte, kam es zum Streit. Er zog sich seine Schuhe an. Ich flehte, bat ihn, jetzt nicht zu gehen.
Es half nichts. Er ging, ohne sich umzudrehen.
Es ist Wochenende, die Geschäfte zu, Eltern verreist, Roberta auch.
Ich noch hüpfen, mein Baby im Arm.
Es ist heiß.
Berlin im August!
Im Radio läuft „Summertime".

Rettende Engel

Meine Kollegen von „Vitessa" springen ein.
Achtzehn Engel helfen nach Stundenplan:
Einkaufen, Kochen, Baby ausführen.
Mich plagen noch immer heftige Schmerzen und Zukunftsängste. Wenn ich in den Spiegel schaue, erkenne ich mich nicht. Schlafentzug. Bis zu achtmal kommt Jakob in der Nacht. Die

Karrierefrau, die immer souverän alle Situationen gemeistert hatte, wo ist sie jetzt?

Ich bekomme Angst.

Angst vor der Verantwortung, Angst vor der Zukunft.

Meine Hebamme schenkt mir reinen Wein ein.

Sie nimmt mir Illusion und Hoffnung und spricht Klartext. Hammerhart, wie eine Domina, aber ich weiß jetzt, woran ich bin. Den ganzen Behördenkram musste ich hinter mich bringen: Erziehungsgeld, Kindergeld, Unterhalt. Was muss ich wo beantragen? Den Schritt zum Sozialamt schaffe ich noch nicht.

Habe die leise Hoffnung, dass mein selbständiges Geschäft im Network Marketing sich wieder erholen wird.

Ich will dich für immer behüten, wenn ich dich so sehe, wenn du schläfst. Ich habe dich mein ganzes Leben lang ersehnt und mir nichts mehr gewünscht, als dich im Arm zu halten. Ich gebe dir meine Kraft, meinen Mut, meine Tage und Nächte. Die Umstellung auf Euro hatte stattgefunden.

Terroranschlag. 11. Sept.2001 in New York. Zwei vollbesetzte Passagierflugzeuge fliegen in die Twin-Tower. U.S.A. rächt sich an den Moslems, erklärt Afghanistan den Krieg. Der 11.September erschüttert mein Urvertrauen. Habe Angst.

Feste Ausgaben:

Miete	750,- €
Tagesmutter	92,-€
Handy	65,- €
Telecom	60,- €
Benzin	180,- €
Essen	350,- €
Finanzamt	180,- €
Strom	40,- €
Krankenkasse	300,- €
Anteilig Saalmiete im Hotel	20,- €
Mindestumsatz	200,- €
Mailbox	45,- €
Website	30,- €
Versicherung	120,- €
Summe:	**2.432,-€**

Einnahmen:

Vitessa: 1.963,27 €

Kindergeld: 150,00€

Unterhalt: 106,00€

Es fehlen mir rund 200,- € im Portemonnaie! Lange halte ich das nicht durch.

Euro: Damit ist alles um das Doppelte teurer geworden! Nie hätte ich früher 1.500,-DM für eine 70m² Zweieinhalb-Zimmer Altbauwohnung in Lichtenrade gezahlt.

Kann bis heute nicht begreifen, warum wir nicht demonstrieren, Einkauf boykottieren.

Warum lassen wir das mit uns machen?

Operation Knie

Mein Knie: Mein Orthopäde hat noch keine Diagnose, bis ein Arzt mit bloßer Hand einen Tumor entdeckt. Ich werde operiert.

Es sind zwei Tumore. Danach schläft Jakob in meinem Arm. Zur Abwechslung nimmt einmal am

Tag eine Schwester ihn mit auf den Flur und geht dort mit ihm auf und ab und spricht mit ihm.

Altes holt mich ein

Mein Vater schickt mir eine SMS:
"du hast seit langem einen Verehrer, einen mit Kohle!"
Soll ich mich auf Empfehlung meines Vaters verkaufen? Ich fall aus allen Wolken, als ich den Namen erfahre. Mein ehemaliger Chef!
Sechs Jahre hatte ich bei der Versicherung geschuftet. Zur Goldgräber- und Raubritterzeit meine Gesundheit ruiniert. Von morgens um sieben bis abends nach zehn war ich im Dienste eines höheren Auftrags unterwegs. Im Stundentakt recherchierte ich als Inkasso-Inspektorin die abgeschlossenen Verträge der Vertreter. Wenn ein Kreuzchen an der falschen Stelle saß, musste ich hunderte von Kilometern erneut fahren, um den Kunden gegenzeichnen zu lassen. Ein Telefonat hätte es sicher auch getan. Schikane unter Wessis!

Dafür kannte ich mich im neuen Ostberlin und Umland gut aus, fuhr quer durch die Republik und qualmte um mein Leben. Das Ende der Welt war für mich an der polnischen Grenze. Die massiven Schlaglöcher ruinierten ein Auto nach dem anderen. Von 1989 bis 1995 vier Autos.

Mit dem vorletzten Wagen, einem weißen BMW, lud ich mal die drei Kinder eines Kunden zu einer Spazierfahrt ein. Es war in Angermünde. Ich sah sie im Rückspiegel nebeneinandersitzen. Ganz still. Kein Mucks. Ich fuhr einfach durch die Straßen. „Seid ihr schon mal im Auto gefahren?" Kopfschütteln. "Nur mit dem Trecker". Als ich das erste Mal kam, öffnete mir der Vater im Unterhemd. Ein kleiner Mann, der kaum zu verstehen war, da einige Zähne fehlten. Ich folgte ins Wohnzimmer. Sie boten mir einen der drei Stühle an. Es gab einen Esstisch und einen Fernseher, der glücklicherweise ausgemacht wurde. Seine Frau war im kurzärmeligen Kittel, rund und größer als ihr Mann. Sie brachte mir eine Tasse Kaffee, türkisch, und holte eine kleine blecherne Geldkassette hervor. Lehre Dosen standen als Dekoration auf einem einzelnen

Regalbrett. Ein paar Fußballposter an der kahlen Wand. Die Kinder kamen neugierig aus ihrem Zimmer. Es gab Doppelbetten, mehrere. Von der Decke hing eine Wolldecke herab, die aus dem Raum zwei machen sollte.

Der älteste Junge hatte Einkaufstüten geglättet und als Bilder aufgehängt.

Demut kam hoch.

Und Wut.

Was verstehen wir in Deutschland unter Menschenwürde? Was sollte ich hier? Versichern? Die Bonität des Kunden bestätigen? Eine Kopie des Arbeitgebers einholen, dass der Kunde arbeitet und Geld verdient? Der Monatsbeitrag seiner abgeschlossenen Lebensversicherung betrug zehn DM. Ich segnete ab. Zu Ostern und Weihnachten und zwischendurch bekam ich Postkarten von diesen Kindern. Habe das nie vergessen. Der Vater einer ähnlichen Familie aus diesem Ort starb kurz nach Vertragsabschluss. Fünftausend Kilometer bin ich jeden Monat gefahren. Stapel von unterzeichneten Verträgen auf meinem Beifahrersitz, Stadtpläne und Landkarten.

Auf der Rückbank lag „Zorro". Mein Wachschutz. Wenn ich in der Nacht nach Hause fuhr, transportierte ich das gesamte Tagesinkasso im Koffer. Lange Strecken ging es durch den Wald. Ich hatte Schiss, wenn ich gegen Mitternacht mitten im Wald an einer Bahnschranke anhalten musste. Nicht, wenn mein Rottweiler auf dem Rücksitz lag. Ich war ein Workaholic geworden. Norbert passte oft auf Zorro auf, vor allem wenn ich zu Seminaren nach Lüneburg oder Zürich fuhr. Die Rekrutierungen der neuen Vertriebspartner wurden mehr. Vor der Wende hatten wir einmal monatlich ein Seminar in Königslutter gegeben. Dann jedes Wochenende.

Der Faden riss, als Heiligabend um 22 Uhr eine Mitarbeiterin anrief, um sich nach dem Tarif für eine Hundehalterhaftpflicht zu erkundigen.

Kurz darauf bekam ich mein Burnout.

Wir waren wie so oft in Königslutter. Plötzlich konnte ich meinen Kopf nicht mehr bewegen, der Hals schwoll zu, meine Augenlieder wurden schwer. Ich ließ ich mich freistellen, fuhr irgendwie die zweihundertzwanzig Kilometer bis nach Berlin, kaufte im Supermarkt Vorrat für einen Monat und legte mich ins Bett. Mein Darm war mit Herpes infiziert. Mein Immunsystem hatte mich lahmgelegt. Burnout! Die Warnsignale hatte ich überhört.

Merkwürdig, dass man das leuchtende Warnsignal am Auto immer ernst nimmt. Norbert ging mit Zorro, ging Einkaufen.

Der Lebensmut kommt tatsächlich zurück, als mir der Arzt eine Aufgabe stellt: "Bitte berechnen sie eine Finanzierung für ein Mietshaus, eventuell kommen wir ins Geschäft!" Das löst in meinem Immunsystem etwas aus, das mich wieder auf den Weg in Richtung Heilung bringt. Guter Trick!

Meine Karriere hatte ihren Zenit hinter sich. Ein „Eppstein-Barr-Virus" in Kombination mit Herpes hatte das „Chronische Ermüdungssyndrom" ausgelöst. Eine Berufsunfähigkeit wurde festgestellt. Wollte ich das?

Ich entschied mich dagegen und für einen Neubeginn.

Das bedeutete eine völlige Umstellung meiner Lebensweise. Endlich selber kochen! Frisches Gemüse, heimische Früchte. Stilles Wasser und Kräutertees statt Kaffee. Kein Nikotin, wenig

Zucker. In der Generalagentur bekam ich ein separates Büro, das mir als Auszeichnung verkauft wurde.

Mobbing ist angesagt.
Mein Burnout kickt mich raus.
Ich kündige.

Im Holiday Inn halte ich meine Abschiedsrede vor rund zweihundert Kollegen, unvorbereitet. Der General lässt mich ins kalte Wasser springen, indem er mir nach Buffeteröffnung mitteilt, dass ich in ein paar Minuten meine Verabschiedung bekanntgeben möge. Mir ist der Appetit vergangen. Zum Glück gelingt mir die Rede aus dem Stehgreif. Nach fünf Minuten stehen alle, pfeifen, trampeln, und für mich ist es Zeit zu gehen.

Reif für die Insel

Ein verrückter Kollege bringt mich auf die Idee gemeinsam auf Lanzarote eine Autovermietung zu eröffnen. Daraus wird nichts, aber die Insel gefällt mir. Eine Insel die vermeintlich aus Nichts besteht. Nichts außer Lava, so nahm ich an.

Bevor ich zurückflog besorgte ich mir beim deutschen Radiosender auf Lanzarote einen Job, und innerhalb von sechs Wochen verkaufte oder verschenkte ich alles was ich besaß.

Drei Jahre blieb ich. Ich arbeitete als Moderatorin, pachtete ein Restaurant im Seminarzentrum für Esoterik, eröffnete eine Kartoffelpufferbar, die nur Sonntags Betrieb hatte, verkaufte Werbeanzeigen für eine deutsches Magazin, verkaufte Kosmetik, gab Reitunterricht, schneiderte Kleider nach Maß, rezeptionierte in schönen Hotels, bediente am Tresen bei Freund Udo und all das reichte nicht, um wirklich gut leben zu können.

Die angekündigte Abfindung der Assekuranz war mir versagt worden, obwohl ich Anspruch auf zwei Jahresgehälter hatte. Da hilft auch kein Rechtschutz, der vom selben Konzern kommt.

Wenn ich das vorher gewusst hätte, wäre ich wohl nicht ausgewandert.

Der Einzige, der noch eine Abfindung bekam, war dieser ehemalige Chef und Regionalleiter, den mir mein Vater jetzt per SMS auf dem Silbertablett serviert: Edgar Schrotz.

Ich überlege einige Wochen lang.

Wir haben immer die Wahl.

Jakob ist nicht mal ein halbes Jahr auf der Welt.

Meine berufliche und damit finanzielle Situation ist in eine Sackgasse geraten. Das Leben im Vertrieb hat mich immer gereizt, mir ausreichend Anerkennung und Abwechslung verschafft. Finanziell ist es oft ein Drahtseilakt ohne doppelten Boden.

Wir haben gute Trainer. Alle paar Wochen sind Veranstaltungen nötig, um die Energie hochzuhalten, und damit die Umsätze. Ich versuche nach wie vor, zu den wöchentlichen Präsentationen zu gehen. Die Referenten, die ich für die Zeit meines Ausfalls vorbereitet habe, stehen nun im Rampenlicht.

Gemischte Gefühle. Auf der einen Seite fühle ich Entlastung auf der anderen spüre ich nun nicht mehr gebraucht zu werden, außer von meinem Kind und ein paar wenigen Fachberatern, die mich am Telefon okkupieren.

Ich ertappe mich, wie ich meinen Sohn an der linken Brust stille, und mit der freien Hand Faxe verschicke. Ich nicht entspannen. Diese schönsten Wochen von Mutter und Kind kann ich nicht genießen. Die Rechnungen sitzen im Nacken.

Von Norbert kriege ich keinen Cent.

Jakob braucht Stunden, um einschlafen zu können. Er hört jeden Schritt. Wenn ich an seinem Bettchen stehe, ich ihn nur ansehen will, um Kraft zu tanken, traue ich mich kaum zu atmen. Im Nu ist er wach und schreit.

Alles dreht sich um die Verantwortung für mein Kind. Damit habe ich nicht gerechnet. Das Leben mit meinem Baby habe ich mir anders vorgestellt. An die wirklichen Anstrengungen und Entbehrungen habe ich nicht gedacht.

Wie lange ist es her, dass ich morgens joggen ging, in die Sauna oder mal abends ins Kino? Durchschlafen. Zeit nur für mich.

Davon träume ich jetzt.

Neue Wege

Ich rufe Edgar Schrotz an. Er ist am Apparat und weiß sofort dran ist, obwohl sieben Jahre vergangen sind.

Es sprudelte aus mir, ich beschrieb meine Lebenslage, und bat ihn um Hilfe. Ich brauche neue Vertriebsmitarbeiter, denen ich das Network Marketing beibringen kann, um dann an deren Umsätzen beteiligt zu werden. Edgar Schrotz kennt Vertriebsleute. Die Frage ist nur, ob er mir, quasi als Empfehlungsgeber, helfen will. Dazu muss ich ihm nun alles erzählen. Ich lad ihn zu uns ein.

Ich habe den Eindruck, dass er mir nicht folgen kann. Ich erzähle, ohne Punkt und Komma, bin völlig überdreht.

Wir verabreden uns öfter.

Er gab mir leider keine Empfehlungen.
Dafür bestellte er im Wert von mehreren Tausend
Euro, das komplette Equipment der
Wellnesskollektion. Es ist mir peinlich, obwohl ich
weiß, dass er das alles sicher gut gebrauchen kann.

Eine andere Welt

Er hat mich eingewickelt. Ich habe das Gefühl in
den Armen eines Felsen in der Brandung zu liegen,
der mir Halt gibt.
Als wir uns lieben wollen, funktioniert es nicht.
Einen Tag drauf umso besser.
Ich tippe auf Viagra.

Wir sehen uns täglich. Von seinem Haus an der
Havel kommt er nach Lichtenrade geflogen. Mit
seinem schwarzen Porsche braucht er kaum eine
halbe Stunde. Sein fünfzehnjähriger Sohn, Sascha,
ist nachts oft allein. Seinetwegen habe ich ein

schlechtes Gewissen. Die Exfrau scheint den Sohn selten zu sehen.

Edgar ist nicht zu bremsen.

Ich habe finanziellen Notstand. Er sexuellen.

Es ist Winter geworden.

Jakob braucht seine Kinderimpfungen.

Den Impfstoff muss ich als Privatpatient verauslagen. Mir fehlt das Geld dafür. Ich überwinde mich und frage Edgar ob er mir das Geld dafür auslegt. Er legte mir drei grüne Scheine auf den Tisch. Damit habe ich nicht gerechnet.

Silvester sind wir bei seinem Sohn im Grunewald, wo ich zum ersten Mal den Clan der Anwälte, Apotheker und Makler registriere.

Ich bin in einer anderen Welt angekommen.

Spüre die Ausgrenzung.

Edgar haben sie sowieso für verrückt erklärt. Schon wegen der dreißig Jahre, die ich jünger bin als er. Und dann noch mit Baby!

Meine Miete konnte ich kaum mehr aufbringen. Von Monat zu Monat fiel es mir schwerer

Geschäftstermine wahrzunehmen. Im Frühling zogen wir zu ihm.

Meine Möbel landeten bei einem Trödler.

Jakob schläft.

Sein abendliches Ritual ist immer gleich.

Abendbrot, Badewanne, Eincremen, Zähnchen putzen, Schlafanzug, Vorlesen und Spieluhr. Ich halte jetzt nur kurz seine Hand, lass ihn in Ruhe einschlafen. Habe vieles aus Ratgebern gelesen. Die Elternbriefe (www.ane.de) find ich Klasse.

Heimliche Telefonate

Endlich, nach langer Zeit kann ich mich entspannen, kann die Zeit mit meinem Kind genießen. Edgar hat eine Haushälterin, aber es bleibt noch genug Arbeit übrig. Leider scheint sein pubertärer Sohn auf mich eifersüchtig zu sein.

Er spricht kaum ein Wort.

Vielleicht ging alles zu schnell.

Mai 2002

Edgar schläft. Frösche quaken. Der Mond spiegelt sich auf dem Wasser. Unten ist es chaotisch. Kisten, Kartons, Renovierung, Umbau.
Alles wird gut.

Ich sitze im Bett und schaue aufs Wasser. Edgars Boot liegt am Steg und schaukelt in der Sonne. Aber irgendwas stimmt nicht.
Edgar rührt mich seit Tagen nicht an. Er führt heimliche Telefonate, sieht sehr nachdenklich aus und scheint gar nicht mitzukriegen, was ich ihm so erzähle.
Er wirkt irgendwie abwesend. Er meint, es sei der Scheidungsstress mit seiner Exfrau.

Eine Umarmung, ein Kuss würde mir jetzt schon helfen. Aber Edgar kann so ignorant sein. Er sieht mich einfach nicht. Auch mit Sascha sucht er Streit und brüllt rum. So hab ich ihn noch nie erlebt. Mit Jakob will er auch nichts zu tun haben. Habe das Gefühl, das er für Edgar ein notwendiges Übel ist. Ich weiß nicht was plötzlich in ihn gefahren ist.

Sein Therapiegespräch scheint Früchte zu tragen.
Wir waren letzte Nacht zusammen. Ein Segelschiff
zieht vorüber. Es ist warm, aber windig.

Schildkröten

Wir hatten einen schönen Tag.
Haben ausgeschlafen.
Um 10.30 Uhr spätes Frühstück im Garten mit
Blick aufs Wasser. Muss mehr auf meine Linie
achten. Edgar auch. Wir haben das Thema Norbert-
Jakob-Besuche besprochen.
Nicht einfach. Nachmittags sind wir nach Potsdam
gefahren und haben beim Polo zugeschaut. Jakob
machte heute erste Gehversuche auf dem Rasen.
Die Luft riecht nach Sommer.

Ich muss Geld verdienen.
Ich wollte nie wieder verkaufen und im Network-
Marketing arbeiten. Und heute mache ich Beides.
Lass uns doch als Paar etwas zusammen machen.

Warum nicht? Ich brauche Führungskräfte in meiner Downline. Erinnerst du dich?

Jakob läuft!

Ich bin etwas neben der Kappe.
Habe heute meine Tage bekommen.
Edgar und Sascha fliegen in drei Tagen nach Mallorca. Bin gespannt auf diese Zeit. Grundlegende Dinge will ich bei mir ändern. Ich muss mich anders organisieren. Mir fehlen meine Bücher und mal wieder ein Konzert in der Philharmonie.

Edgar ist auf Mallorca und genießt die Ruhe. Wahrscheinlich sucht er wieder seltene Schildkröten, die er in seinem Koffer nach Berlin schmuggeln kann. Sascha ist bei ihm und wird sich wohl bei der Schildkrötenjagd langweilen.
Die ersten Tage habe ich ihn vermisst, aber inzwischen geht es. Jakob und ich haben Zeit füreinander, haben Spaß.
Der Privat-Zoo wird regelmäßig gefüttert.

Jakob konnte nicht einschlafen. In seinem Köpfchen geht wohl viel vor sich. Norbert war da. Wir haben uns auf dem Spielplatz getroffen. Norbert sagte, dass wenn er mich geliebt hätte, er mich nicht verlassen hätte.

Edgar und Sascha sind wieder zu Haus. Der Urlaub hat Ihnen gutgetan. Nebel überall. Im Schlafzimmer ist die Wand verschimmelt. Es ekelt mich so. Habe meine Matratze vor Jakobs Bettchen gelegt. Die Handwerker müssen die ganze Wand aufstemmen.

Heute Nacht kam Edgar ins Kinderzimmer, wo ich am Boden schlief. Er wollte Sex. Ich habe ihn vor die Tür gedrängt und habe dann abgeschlossen. Wahrscheinlich hatte er zu viel getrunken oder sich Pornos reingezogen. Es ekelt mich inzwischen auch vor seinem Kuss. Er hat schlechte Zähne obwohl er sich wohl die teuersten leisten könnte. Er riecht wie ein alter, schwitzender, einsamer Mann.

Reich an Erfahrung

Ich bin verzweifelt, weiß nicht mehr was ich tun soll.

Er will mich erpressen.

Edgar hat mir den Autoschlüssel und den Kinderwagen weggenommen.

Er will mich zwingen, einen Darlehensvertrag zu unterschreiben, für eine Summe von über dreißigtausend Euro.

Ich habe dieses Darlehen nicht bekommen!

Klar hast du was für uns getan, mir Klamotten gekauft, im Kaufhaus. Es sind drei Hosen, zwei Sakkos und zwei Paar Schuhe. Habe sie dringend gebraucht. Die Sachen von vor der Schwangerschaft passen schon lange nicht mehr.

Meine Freundinnen haben mir Pullover gespendet. Komme mir bereits vor wie ein Bettler.

Auch für Jakob hast du mir etwas gegeben.

Ich konnte bei H&M das Wesentliche für ihn besorgen. Aber auch hier war ich sparsam.

Oft gehe ich in den Secondhandladen. Aber das du sogar die Party auf deine Liste gesetzt, und das Eßstühlchen von Jakob, das begreife ich nicht.

Panik!

Habe geheult, bin vor Verzweiflung mit Jakob und dem Kinderwagen in unseren Lieblingspark geflüchtet.

Habe die Schwiegertochter angerufen.

„Jetzt beruhige dich. Ich sag Jürgen Bescheid, dass er vorbeikommt."

Versuche mich zu entspannen. Wie komme ich hier wieder raus?

Edgar scheint jähzornig zu sein, hat mit hochrotem Kopf und grauen, zerzausten Haaren Sachen um sich geschmissen, sogar gepackte Kisten die Treppe hinunter. Er hat mich angeschrien, er wolle sein Geld zurückhaben.

Er hat gar nicht mehr aufgehört.

Bin mit Jakob geflüchtet.

Jürgen ist gekommen. Brummen unter Männern, die eine Sprache sprechen, weil Vater und Sohn.

Jürgen hat mir mal gesagt, er würde noch nicht mal auf seine Beerdigung gehen. Wie schräg ist diese Familie?

Sie haben mich in die Ecke getrieben.

Ich habe unterschrieben.

Edgar hatte bereits einen Darlehensvertrag aufgesetzt, mit Zinsen. Alles abgekatert.

Dreißigtausend Euro will er von mir.

Warum nur habe ich mich Edgar jemals anvertraut?

Das Einzige, das wir mitnehmen sind Erfahrungen. Also werde ich reich sein, wenn ich von dieser Erde gehe. Reich an Erfahrungen.

Fackeln im Schnee

Wir haben eine Wohnung. In Potsdam, direkt über dem Pferdestall.

Der Umzug lief gut. Bis auf die Aussetzer von Edgar. An der Laderampe ließ er sich die Umzugshelfern jeden Karton aufmachen. Bis auf eine Nachttischlampe hatte er nichts gefunden.

Alles habe ich selbst organisiert. Bin endlich wieder frei! Zur Feier des Tages bin ich mit Jakob auf den Funkturm rauf.

Ein Erlebnis für uns beide.

Bin so froh, dass wir eine gute Tagesmutter gefunden haben.

Wenn Jakob mich ärgert, Steckdosen, Herd, Kamin, PC, an Maschinen aller Art rumfummelt, platzt mir der Kragen.

Habe momentan keine Nerven.

Mein Büro wird bald fertig sein und ich hoffe, dass ich Erfolg habe. Ich kann dort Massagen geben.

Bin stolz auf mein eigenes Wellness-Studio.

Es liegt direkt am Eingang der Reithalle. Die Koppel vom Hengst ist nur ein paar Schritte entfernt. Ich höre ihn wiehern.

Wir haben Mäuse.

Heute hab ich gesehen wie eine meinen Akten-koffer hochgelaufen ist.

Hoffentlich lässt sich der Vermieter etwas einfallen. Wahrscheinlich ist das der Grund, weshalb fast alle Wohnungen Leerstehen.

Bin etwas durcheinander. Hatte heute ein Treffen mit Edgar. Er hat mir erzählt, dass er Brustkrebs hat. Seit dem Sommer wusste er es, und hat mir kein Ton gesagt. Sein Krebs hat sich als gutartig herausgestellt, er wird alles überstehen.
Das erklärt Vieles. Es bringt mich durcheinander. So viele Rückblicke, Puzzleteile ergeben jetzt ein Bild. Er muss trotz allem akzeptieren, dass es für mich so gut ist, wie es ist. Es gibt kein zurück.
Ich wünsche dir eine Frau, die zu dir passt und dich froh macht.

Kurz vor Weihnachten. Meine Chefin feiert ihren 65. Geburtstag im Café am Neuen See. Feuer und Fackeln im Schnee, entlang dem roten Teppich zum Eingang. Hunderte Kerzen und kleine Lichter. Zauberhaft. Feinste Blumengestecke, ein Feuerwerk über dem zugefrorenen See, ausgesuchte Speisen und nette Gäste.
Ich tanze barfuß.

Glücksmomente.

Jakob schläft sicher schon bei seiner Tagesmutter.

Silvester 2002/2003

Happy New Year!

Jakob hat die Masern, wie wir heute vom Kinderarzt erfuhren. Er schlief zeitig. Ich saugte noch ganz leise die Wohnung, scheuerte die Schranktüren, hing Wäsche auf und sah dabei fern. Der Christbaum steht noch. Um Mitternacht kam Ute Lemper im Fernsehen und sang

„What a Wonderful World".

Norbert wünschte uns per sms Licht und Liebe. Das macht er jetzt immer, seitdem er die Tantra-Männergruppe besucht. Von Edgar ein Anruf mit Neujahrswünschen, konnte ihn abwimmeln.

Alles zu grau für eine Silvesternacht.

Die Falle ist zugeschnappt.

Die Maus ist tot.

Eine lebt noch.

Ich habe heute mein erstes Wellnesspaket verkauft. Zwar zum Einkaufspreis, jedoch bin ich froh über meine Qualifikation.

Beim Baden habe ich Jakobs Hinterkopf in meine Hände gelegt. Seine Haare schwebten dabei um das Köpfchen, und er sang dabei.

Verdammt. Edgar hat mich wieder rumgekriegt. Haben wir eine Chance? Ich wünsch mir, dass er sich endlich mal modern kleidet – einer jungen Partnerin angemessen.
Bin müde. Jakob war heute beim Osteopathen. Knackfußindianer nennt er ihn. Hat von der Geburt viel regulieren können, was nicht okay war. Das Ganze hat mich sechzig Euro gekostet. Übrigens ist Krieg zwischen U.S.A. und Irak.
Der Frieden soll siegen.

Mein Körper ist klein im Verhältnis zur Seele.

Die Anlage mit Pferdeklinik und allem Drum und Dran, macht schon Eindruck.

Von den beiden Zimmern aus, können wir dem Hufschmied bei der Arbeit zusehen. Es qualmt dann, stinkt nach verbranntem Horn.

Urig.

Rechnungen stapeln sich

Referententraining:

Elvira hat sich zu spät vorgestellt,

geht nicht auf die Kommunikationstypen ein, kommt nicht geschäftsmäßig rüber.

Etwas mehr Neutralität wäre gut.

Neue begeisterte Nachwuchsreferenten in Aktion kommen lassen.

Edgar war heute da.

Er hat mir ein Dessous geschenkt. Mit allem Chichi! Ich habe uns ein Bad eingelassen. Der Schaum duftete nach Jasmin, das Wasser dampfte.

Habe versucht mich zu entspannen. Habe versucht nicht an Gestern und Morgen zu denken.

Habe ein schlechtes Gewissen.

Fühle mich wie missbraucht.

Meeting in Stuttgart. Konjunktur bedeutet zurzeit: Eine längere Wachstumsphase geht zu Ende. Vierzehn Millionen Arbeitslose. Alte und Junge. Rentensituation. Gesundheitssituation. Zwei-Klassen-Gesellschaft. Ein Problem kann nicht von dem Geist gelöst werden, von dem es kreiert wurde. Mehr Handel ohne Zwischenhandel. Tauschhandel: Kosmetik gegen Software. Flexibilität, Mut zur Veränderung sind gefragt. Werden sie ein Teil der Zukunft!

Die Rechnungen stapeln sich.
Es werden mehr, mehr, mehr.
Ich weiß nicht wie ich das noch schaffen soll.
Ich lasse meine Wut über mich und meine finanzielle Notlage an meinem Kind aus.
Jakob kann doch nichts dafür, ist doch nur mein Kind. Viel zu oft ermahne ich ihn. „Mach das nicht, komm da weg, hör auf, lass das sein, das geht aber nicht!" Oft schimpfe ich richtig laut.
Ich hasse mich dafür. Jetzt bin ich so, wie ich nie werden wollte.

Bin reif für die Insel.

Jakob baut sich aus einer Holzkiste eine Bühne, nimmt sich das Rädchen vom Zirkus als Gitarre und singt wie ein Star. Ich staune über sein Repertoire. Wir singen, lesen und malen zusammen.

Edgar reizt mich nicht.
Unsere Chemie stimmt nicht mehr. Hat wohl noch nie gestimmt.

Ich freue mich auf die Spaziergänge mit Jakob.
Wir sind Sammler, pflücken uns Wiesensträuße, finden Steine, Rinde, Federn, getrocknete Schlangen, tote Maulwürfe (Katzenbeute) und würdigen sie wie Souvenirs auf unserer Treppe.
Entdecke mich neu mit meinem Kind.

Norbert kommt zwar unregelmäßig, aber einmal im Monat. Jakob soll eine Beziehung zu seinem Papa aufbauen können.
Ich hoffe, dass Norbert ihn niemals mit Drogen in Berührung bringt. Dann werde ich zum Tier.

Edgar lässt mich nicht in Ruhe. Er kommt fast täglich zu mir. Aber seine angebliche Liebe scheint nicht so groß zu sein, dass er den erpressten Darlehensvertrag wieder vernichten würde.
Ich muss mich bei einem Anwalt informieren.

Boppard am Rhein bei Liz & Alfred, super Arbeit mit der Downline. Das ständige Auf und Ab im Vertrieb! Sind Wechselbäder wirklich gesund?

Hoffnung bleibt

Menschen kommen und gehen... wer bleibt bei mir? Was bleibt mir?
Momente: Musik, ein paar Melodien.
Hoffnung bleibt – und Mut.
Ich lese die Zeitung: „Die Welt", *Leitartikel*
Reiche werden immer reicher, Arme immer ärmer
Von Ulrich Clauss
Die Spaltung gestalten
„Man mag es beklagen, ideologisch aufladen oder schlicht ignorieren - der Sachverhalt selbst bleibt

unbestreitbar: Die Schere zwischen „arm" und „reich" öffnet sich in unserer Gesellschaft immer weiter. Ob man es an überproportional gestiegenen Managergehältern festmacht, an stagnierenden bzw. de facto sinkenden Reallöhnen, an Desintegrationserscheinungen in den Sozialsystemen, am Arbeitsmarkt, im Bildungsbereich oder beim Medienkonsum der Befund ist immer der Gleiche. Die wachsende materielle und lebensweltliche Spaltung der Gesellschaft ist objektiv.

In Politik und Gesellschaftswissenschaft hat eine Lebenslüge hartnäckig überdauert, die dem sozialstaatlich-antitotalitären Gründungskonsens dieser Republik geschuldet ist. Es ist die Irrlehre von der „nivellierten Mittelstandsgesellschaft".

Aus der Presse: „Arbeit- und Kapitaleinkommen entwickeln sich in exponentiell steigendem Ausmaß auseinander. Die sozialen Sicherungssysteme werden zunehmend vom relativ sinkenden Lohnanteil finanziert und müssen entsprechend abspecken. Die politischen

Parteien – von den Grünen bis zur CSU – reagieren darauf bis zum heutigen Tage mit schlichtem Selbstbetrug. Auch im Renten-, Sozial- Gesundheits- und im Infrastrukturbereich ist die Umkehr dessen zu beobachten, was erklärtes Politikziel war und immer noch ist.

Da Handeln wieder bessere Einsicht auf Dauer handlungsunfähig macht, ergeben sich daraus folgende Konsequenzen: Das etatistisch kontaminierte Gleichheitsversprechen unseres politischen Systems ist nicht aufrecht zu halten, weil es niemand bezahlen kann und will. Wie viel Energie wohl freigesetzt wird, wenn wir uns von den unerreichbaren Zielen unserer gescheiterten Sozialstaatsphilosophie endlich verabschieden?"

Ich habe eine Familienaufstellung nach Hellinger machen lassen. Bereinigung der Energie in meiner Herkunftsfamilie und in meiner eigenen Familie. Habe ich überhaupt eine eigene?

2. KAPITEL

Über den Wolken

Jakob schläft am Fensterplatz, sein Pferdchen im Arm. Ich schau auf die kleinen Hände, sein Atem geht gleichmäßig. Stewardessen haben uns versorgt. Kinder um uns herum sind ungeduldig und müde.

Das letzte Mal war ich mit Norbert auf Lanzarote. Es gab ständig Streit. Der letzte war, weil er ständig neben mir rauchen musste.

Nun sind wir allein. Bin wirklich urlaubsreif. Wir sind blass, haben Augenränder, sehen nicht gerade nach Wellness aus. Die Reise habe ich Samstag spontan gebucht, ein Last-Minute-Angebot.

Famara-Beach. Die Steilküste fasziniert mich. Über Jahre hing sie in meinem Wohnzimmer, Foto an Foto ergab das Ganze ein Panorama. Erinnerungen kommen hoch.

Meine Insel.

Katharina ist auf Lanzarote meine allerbeste Freundin. Ich wünsche mir so, dass Katharina mit mir das Vitessa- Geschäft macht. Dann hätten wir auch hier einen geschäftlichen Stützpunkt.

Das wäre doch super!

Heiligabend wieder zu Hause

Edgar hat uns aus Tegel abgeholt. Ich wollte es nicht. Die Maschine hatte Verspätung.

Er will mich immer wieder becircen.

Wie lästig!

Ich muss endlich den Mann finden, der wirklich für mich da ist, mich liebt und mit dem ich so sein kann, wie ich wirklich bin.

In mir singt das Lied von *ABBA*:

"Try once more, like you did before."

I will! Be sure, I will.

Weihnachten. Jakob wie aus dem Häuschen, rote Bäckchen, ein Weihnachtswichtel.

Die Wichtelmütze hängt ihm im Gesicht, sodass er kaum sehen kann. Bei der Tagesmutter hat er für mich gebastelt und gemalt.

„Bitte, Mama!"

Das ist der schönste Moment von Weihnachten.

Ich habe kaum noch Einkünfte. Bin am Ende.

Ich habe die Lösung gefunden!

Wir ziehen nach Lanzarote.

Ich will ein neues Leben beginnen.

Vielleicht habe ich dort bessere Möglichkeiten geschäftlich weiter zu kommen. Meine Kontakte von früher kann ich sicher gut nutzen. Ich werde es probieren. Wir werden für sechs Wochen dortbleiben und schauen, wie es ist.

Ich habe schon einen Plan: Sabrina, die Tochter von Siegrid kommt als Babysitter mit. Habe gestern mit ihr telefoniert. Wir kennen uns ja bereits. Sie hat Semesterferien, studiert Jura in Dresden. Ein nettes Mädchen, hat Verantwortungsgefühl und kann sich gut bei Jakob durchsetzen. Ihre Bücher nimmt sie mit. Wir wohnen im Haus vom Kruse. Dorle-Sophie hat uns einen guten Preis gemacht.

Wir zahlen 20,-€ pro Tag. Mietwagen und Essen wird da eher mehr kosten.

Abenteuer! Hoffentlich wird es eine Perspektive bringen.

Am 24.Februar geht unser Abflug nach Lanzarote.

Die Finanzen sorgen mich am meisten.

Jakob will ich davon nichts spüren lassen.

Probezeit

Finde keine Ruhe in der Siesta.

Samstagnachmittag, die Vögel zwitschern, meine Gedanken, meine Gefühle sprudeln. *Vitessa* auf Lanzarote wird Wirklichkeit. Bin gespannt, wie es mit Christa wird. Und vielleicht mit Katharina. Werden sie meine Geschäftspartner? Sie sprechen fließendes Spanisch. Ich brauche sie.

Vor mir liegt der Weg in eine Zukunft.

Sonne, Meer, Farben.

Bin so dankbar.

Gracias.

Das Internet funktioniert nicht, ebenso wenig der DVD-Player. Immerhin ist gestern das erste Fachberater-Starterpaket für Lanzarote geliefert worden, alle Unterlagen auf Spanisch.

Heute kommt Katharina, bin gespannt.

Ich sitze im Schatten der Palme. Der Wind bringt Sand aus dem nahen Afrika. Der Tag ist jung.

Das Stern TV brachte gestern spät eine Sendung über die Menschen in Afghanistan. Die Frauen wollen ihre Kinder opfern für den so genannten Heiligen Krieg. Sie werden mit der Muttermilch auf den Krieg vorbereitet.

Sitze allein am Strand der Playa Quemada.

Playa Quemada heißt „verbrannte Erde".

Ein besonderer Ort. Aussteiger und Hippies wohnen in kleinen alten Fincas entlang der Küste. Es gibt nur die erste Reihe. Ansonsten nur Campo, und zwei alte Bodegas, die noch genau wie früher sind. Es ist der Ort, den ich als letztes verlies, als ich vor sechs Jahren nach Berlin zurückkehrte.

Die Wellen erzählen mir, was ich noch nicht verstehe. Was nachts wohl im Meer geschieht? Nur wenige wissen es.

Wind, verzottelte Haare, Frösteln. Blick in die Unendlichkeit. Der „Channel" hat mir für meine Zukunft geraten, mit dem Schreiben zu beginnen.

Der Abend kommt. Meine *Vitessa*-Weste ist genial, sie wärmt und schützt mich, liebe sie.

Katharina werde ich nachher in Tias treffen.

Ich habe Fragen wegen der Schule für Jakob.

Bin hier in der Tapasbar eingekehrt, in der ich vor zehn Jahren mal war. Hier hat sich nichts verändert. Zum Glück. Das einzig Neue, sind der CD-Player und die Eis Truhe.

Wer tanzt mit mir?

Cesar Manrique

Zum Mittag waren wir am Golfplatz Essen.

Henri, ehemals Ikaro, traf ich. Große Freude! Er sagt, er denkt jeden Winter an mich; sein Ofen war mal meiner. Das Schönste ist, das er mir ein Haus in Tahiche angeboten hat, für 750,- €, mit Pool. Will mich bloß nicht zu früh freuen. Er ruft mich an. Kann das gar nicht glauben.

Der Wind wird stärker.

Gestern Abend bei Katharina in Tias, flogen mir alle meine Visitenkarten in alle Richtungen davon. Beim Hinterherlaufen mussten wir so lachen, dass wir uns beinahe in die Hosen machten.

Heute waren wir auf der Insel unterwegs. La Santa, Trainingscenter für Spitzensportler mit Traumwellen vor der Tür. Für Surfer und Windsurfer ein Paradies. Dann fuhren wir über Mozaga zu meinem ehemaligen Arbeitgeber, der *Finca Forenzo*. Es lag wie ausgestorben. Nur der gute alte Hausmeister war noch da. Mit der Gelassenheit eines Ziegenhirten erzählte er mir alles. Die Pferde haben sie abgeschafft. Ich erinnere mich, wie wir mit Carlito bis nach Famara ritten. Am endlosen Strand machten wir Wettrennen. Nur einmal war ich zweite. Bevor es Richtung Heimat ging, erholten wir uns ein bisschen in der Tapasbar. Die Pferde bekamen Wasser. Szenen wie im Wilden Westen.

Es war einmal.

Unsere Tour geht weiter durch die Feuerberge Timanfaya, wo mir immer übel wird. Die Lava unter der Oberfläche glüht, mir ist die Energie zu stark.

Am schwarzen Strand, Playa de Janubio, haben wir über eine Stunde die hellgrünen Olivine gesammelt, Halbedelsteine in allen Größen.

Hab einen guten Teint bekommen. Jakob auch.

Ich habe heute die Zusage von Henri für ein Haus mit Pool bekommen habe. Freu mich so.

Mein lieber Jakob, nun beginnt unsere neue Wirklichkeit! Ein neues Leben. du bist noch so klein, wirst in drei Monaten drei Jahre. Sicher ist es nicht einfach, mich als Mutter zu haben. Aber wir haben uns einander ausgesucht.

Heute hat mich der Eigentümer angerufen, und mir das Haus wieder abgesagt. Ich rege mich nicht mehr auf. Es gibt kosmische Gesetze, die eben ihre eigenen Wege gehen. Jakob kann mich da viel eher aus der Fassung bringen. Ständig heult und jammert er rum, nörgelt und gibt keine Ruhe.

Wahrscheinlich bin ich einfach zu sehr mit den finanziellen Sorgen und dem Versuch mein Geschäft hier aufzubauen beschäftigt, dass ich ihn gar nicht richtig wahrnehme.

Claudia in Berlin hat mir gesagt, dass es in meinem Elternhaus wohl ähnlich abgelaufen sein muss. Ich lief immer nur mit, wurde aber nie ernsthaft wahrgenommen oder um meine Meinung gefragt.

Heute sehen wir uns eine Wohnung in Puerto del Carmen an. Unsere Wohnung auf dem Gestüt bei Potsdam habe ich gestern per Fax gekündigt.

Was Christas und meine Zusammenarbeit angeht, bin ich wirklich irritiert. Habe gedacht, sie würde ihr Leben ändern wollen. Irgendwas blockiert sie.

Stehen kurz vor der Heimreise.

Der sechswöchige Auslands-Test hat sich gelohnt. Die Resonanz war super. Vor allem habe ich eine sehr gute Kundin und Empfehlungsgeberin gefunden: Roswitha. Sie hat Einfluss und einen guten Namen und wird mir ein nützlicher Kontakt sein.

Anscheinend rennen sie einem hier mit Wellness die Bude ein. Wir hatten über fünfundzwanzig Termine mit einem Umsatz von über zweitausend Euro in einer Woche.

Trotzdem will Christa das Geschäft nicht machen. Kann das nicht verstehen. Muss noch jemanden finden, der mich mit meinen Vorträgen über Gesundheit ins Spanische übersetzen kann.

Ich komme mir vor wie paralysiert. Das Leben zwingt mich eine Entscheidung zu treffen. Ein Buch von Cesar Manrique hat mir dabei geholfen.

Ich plane Ende Juni mit Sack und Pack zu kommen. Mein kleiner Schatz, ich hoffe, dass es dir auch gefällt. Gut soll es uns gehen. Meine alte neue Heimat. Lanzarote ist eine Mutter. Egal wie ich bin, gleich was ich tue, sie liebt mich.

Dort habe ich mehr Frieden in mir.

Ich trinke das Wasser wie Wein.

Sollen wir nach „Puerto del Carmen", zur Touristenhochburg? Waldorfkindergarten oder Britische Privatschule? Ich muss entscheiden.

Es wird ernst.

Wir haben einen Waldorfkindergarten gefunden. Rochelia heißt die Kinderdame. Ihre Haare gehen bis über den Po, schwarz und glänzend.

Wie sie Deinen Namen ausgesprochen hat: „Jakob."

Mit diesem tiefen, spanischen Timbre. Dann hat sie dich auf Spanisch angesprochen, und du hast auf Deutsch geantwortet. dein Pferdchen hattest du vergessen. Am nächsten Tag war es wieder da. Das französische Nachbarkind Cecile hat es gefunden.

„Es lag auf den Steinen!"

Das Häuschen vom Kindergarten ist aus Holz gebaut worden, das ein Mann auf der Insel zusammengetragen hatte. Den Haupteingang umrankt eine prächtige Bougainvillea, wie ein Baldachin aus Blumen in leuchtendem Pink.

Im Garten laufen Hühner mit ihren Küken.

Erleichterung! Morgen um 17 Uhr kriegen wir den Mietvertrag, ab Juli in Purto del Carmen, Calle Alfonso.

Ein Schritt nach dem nächsten.

Ruhe.

Ja, Ruhe – endlich sind wir in Potsdam angekommen.

Jakob hat an der Tür geweint, wollte

„wieder nach Lanzarote!"

Die Anspannung fiel von ihm ab.

Nun auch von mir.

Ma & Pa haben uns am Flughafen Tegel abgeholt.

„Haste denn keine Angst gehabt?"

„Nee, Mama hat meine Hand gehalten.

Guck mal, hab ganz schmutzige Hände!"

Vor vier Tagen waren wir noch da. Kommt mir vor, wie eine Ewigkeit. Nun sind wir wieder hier, bei Oma Ilse, Opa Bertold und der Vogel-Omi Klara. In Potsdam auf dem Gut ist alles wie immer.

Jakob hatte heute wieder seinen ersten Tag bei der Tagesmutter, sie überraschte ihn mit einem

Osterfest. Eier suchen im Garten mit der bekannten
Kindergruppe: Heiß, kalt, warm...
Am 28.Juni fliegen wir.

Stress.
Anwaltstermin negativ.
Alle Fristen des Einspruchs sind abgelaufen!
Noch keine Lösung in Sicht.
Unsere Flüge sind gebucht.
Oneway.

Jakob bleibt heute bei Oma und Opa.
Er freut sich schon.
Sie nehmen ihn nur selten. Selbst Großeltern, die
keine alleinerziehende Tochter haben, nehmen ihre
Enkel öfter.
Nachmittags Termin mit Edgar auf dem Spielplatz.
Hoffe auf eine Lösung.

Muttertag

„Pferdchen, wir ziehen nach Lanzarote, da gibt´s aber keine Badewanne, nur ne Dusche. Aber dafür gibt´s ein ganz großes Meer, mit ganz hohen Wellen!"

Pferdchen:

„Fahrt ihr da mit dem Auto hin?"

Jakob:

„Nein, wir fliegen doch mit dem Flugzeug.

Weißt du wie unser Flugzeug heißt? Ja, weißt du das? Unser Flugzeug heißt Air Berlin. Genau, die fliegt uns dahin."

Ein Strauß roter Rosen liegt vor der Tür. Mit Brief. Einladung zum Spargel-Essen. Edgar holt uns ab.

Dunkle Wolken. Regenwetter.

Jakob beobachtet das Wetterhäuschen.

„Ich hab den Edgar was gefragt, und ihm was erzählt. Hab ihm erzählt, dass wir nach Lanzarote umziehen. Und da hab ich ihn noch gefragt, ob wir das Auto mit dem Schiff mitnehmen können. Und der Edgar hat ja gesagt!"

„Was hast du gemacht?"

„Ja, der Edgar hat ja gesagt. Ja, Mama!"

Das Auto wurde kurz nach Jakobs drittem Geburtstag gepfändet.

Führungsmeeting Hannover. Auf der Rückfahrt passiert ein Unfall bei hundert Stundenkilometer. Eine Frau fährt uns drauf.

Ich sitze hinten. Im Moment merke ich noch nichts. Am nächsten Tag ist mein linker Arm bis in die Hand wie taub. Muss regelmäßig zur Massage. Es sind drei Bandscheibenvorfälle, zwischen dem dritten und siebten Halswirbel. Die Versicherungen können sich nicht einigen.

Es tut so weh.

Edgar hat doch tatsächlich ein Abhörgerät installiert, in meiner Wohnung, in einem der Aktenordner, die neben dem Telefon stehen!

Was soll das? Das geht zu weit.

Ich musste die Kripo rufen.

Anzeige gegen unbekannt. du warst es.

Versteh nicht warum.

Sabrina ist in Dresden durch ihre Prüfung geflogen.

Rosinenkuchen mit Kakao

Liege mit roter Stola auf dem Sofa. Bin leer.
Habe keine Kraft. Erstarrt.
Gestern ist es gewesen. Wir waren zu Hause.
Auf dem Nachbargrundstück ein weißes Zelt, davor
ein Leierkastenmann. Nostalgie. Jakob und ich
stehen in der Tür und lauschen, als spiele er nur für
uns.
Das Telefon klingelt: Morales aus Lanzarote. Ich
verstehe nicht alles, sie spricht zu aufgeregt und zu
schnell. Wie bitte, wir könnten nicht in ihre
Wohnung einziehen?
Ich kann es nicht glauben, teile ihr mit, dass sich
eine Freundin bei ihr melden wird.

Ich versuche Roswitha zu erreichen.

Erst am nächsten Morgen ruft sie zurück. Sie hat Morales erreicht. Tatsächlich, der Kautions-Scheck konnte nicht eingelöst werden. Und nun? Ich habe bereits gepackt.

Es ist fünf Uhr am Morgen. Potsdam. Tauben gurren. Trinkjoghurt mit Gerstengrassaft, sehe gut aus. Eingeölt. Bin wach. Endlich ruft Roswitha wieder an. Sie ist ein Schatz.

Einen Bungalow in ihrer Nähe konnte sie uns besorgen, kostet zwar etwas mehr, hat dafür einen Swimmingpool. Hat doch alles sein Gutes.

Mein linker Arm tut weh.

Warte auf Schmerzensgeld. Halte heute noch den Vortrag im Altenheim in Pankow.

Die Chefsekretärin von *Vitessa* rief mich an: Gehaltspfändung! Von Edgar Schrotz!

Ich habe in meiner Naivität alle Fristen des Widerspruchs versäumt.

Nun ist er auch noch offiziell im Recht.

Von jedem Bonus-Scheck soll die Hälfte an ihn gehen. Er will mich zerstören.

Meine Tage bestehen nur noch aus Packen, Verschenken und Wegschmeißen. Acht Pakete hab ich per Post aufgegeben. Es scheint endlos.

Zwischendrin war Jakobs dritter Geburtstag. Sein Halbbruder Elias (wie man das immer so sagt, Bruder ist doch Bruder, oder?) kam auch. Mit Mama Manja. Wir verstehen uns.
Die Möbel waren schon alle weg. Auf der Treppe bereiteten wir uns ein Picknick mit Blick auf die Felder und den Nachbarhof. Es gab Rosinenkuchen und Kakao. Als wir sie zum Bus brachten, schob ich beide Jungs auf dem Rad. Die große Holzlokomotive von Jakob als Andenken für seinen Bruder im Schlepptau.
Wir winkten, bis der Bus verschwunden war.

Es ist Nacht. Habe wie eine Verrückte geschrubbt. Meine Hände sind rau. Es sind vierzehn Gepäckstücke. Auf meiner „Air Berlin Silvercard" habe ich zwar Übergepäck angemeldet, allerdings nicht so viel. Wir schlafen diese letzte Nacht auf dem Boden, auf einer Matte. Ungewohnt hart.

Hoffentlich klappt alles mit dem Taxi und dem Flughafen. Manon wird dort sein.

Abenteuer

Ich habe einen ganzen Schwarm Schutzengel bei mir. Manon hat alles im Griff. Sie hat den Herrn von der Air Berlin hypnotisiert. Nach einigem Hin und Her hat alles geklappt, bis auf zwei Koffer. Unglaublich. Zwölf Gepäckstücke ohne einen Cent Übergepäck.

Dann wurden wir mit Dringlichkeit aufgerufen:

„Bitte kommen sie umgehend zur Security!"

Die Batterien waren noch in der Taschenlampe. Sicherheitsbestimmungen!

Den Riesenbären unterm Arm bestiegen wir als Letzte die Maschine. Der Umzug hatte begonnen.

Nach fünfstündigem Schlaf landeten wir in unserer neuen Heimat Lanzarote.

Das Meer glitzert mehr als sonst.

Es riecht nach Abenteuer.

Jakob weicht mir nicht von der Seite. Freunde erwarten uns, mit ihrem strahlenden, braungebrannten „Willkommen!". Die Koffer verteilen wir auf drei Wagen. Mein rotes Fahrrad ist platt, und Roswitha mit dem Bungalow-Schlüssel nicht da! Ich erreiche sie per Handy.

„Melanie, es ist etwas ganz Furchtbares passiert, du musst sofort kommen."

Kaum angekommen, schlackern mir die Knie: unser neues zu Hause hat sich wieder in Luft aufgelöst. Roswitha hat sich mit dem kanarischen Vermieter völlig zerstritten.

Es gab kein Einlenken!

Jakob singt und tanzt und planscht in der grünen Schüssel.

Zwei Wochen können wir in einem von Roswithas Apartments an der Costa Teguise bleiben.

Den Windsurf-Worldcup haben wir vor der Nase. Insider würden uns beneiden.

Ich genieße die Farben ihrer Segel, wie wendig und schnell sie sind. Hier sitze ich im Liegestuhl und schaue einfach nur aufs Meer.

Die Koffer kann ich nicht auspacken.

Erst muss ich eine richtige Wohnung finden.

Der Umzug hat meine ganze Kraft gekostet.

Fünftausend Euro hat Pa für mich aufgenommen, das wird Ma mir ewig vorrechnen.

Norbert kümmert sich nicht um uns.

Edgar wollte uns nicht fliegen lassen.

Hatten besonderen Zivilschutz am Flughafen.

Tias

Wir sind in Tias untergekommen. Neben Katharina. Ein Doppelhaus mit zwei Schlafzimmern. Ihre Schweizer Nachbarn haben es uns für drei Monate vermietet. Alles ist so neu und sauber.

Als wir jedoch gestern einzogen, malte Jakob mit Wachsmalstiften Zeichen auf die Stufen. Soll heißen, wir sind jetzt hier und bleiben hier.

Die Eingewöhnung im Kindergarten fällt ihm schwer. Bei seiner Tagesmutter waren sie nur zu dritt. Jetzt sind es rund zwanzig Kinder. Die Maestras sind Maria und Carmela. Rochelia und Brigitte, vom Stammpersonal sind leider noch im Urlaub. Einige Stunden war ich bei ihm. Jetzt muss ich arbeiten und Geld verdienen. Es muss irgendwie gehen. Was soll ich tun?

Jakob erinnert mich, dass wir in Potsdam oft bei den Pferden waren:

„Die wollten so viele Möhrchen aufessen!"

Ein kleines Wellness-Hotel plane ich zu eröffnen. Es geht um die *Finca Ernandez*. Drei Doppel- und vier Einzelzimmer, jeweils mit Bad, einen Speisesaal mit Meerblick und drei Sonnenterrassen. Die untere Etage soll privat bleiben. Es gibt einen beheizbaren Pool.

Das Grundstück hat fast sechstausend Quadratmeter, nur es liegt oberhalb vom Golfplatz, leider nicht am Strand.

Eigentlich ist es auch nicht zu teuer, aber ich muss es bezahlen. Hoffe auf Roswithas Zusage als Eigenkapital-Teilhaberin. Sie ist bereits eine erfolgreiche Geschäftsfrau mit ihren eigenen Apartments und wird das Risiko wohl einschätzen können.

Als der Bankdirektor meinem Finanzierungskonzept der *Finca Ernandez* zustimmte, reagierte meine Seele mit Migräne.

Migräne hatte ich noch nie. Die Hitzewelle mit dreiundvierzig Grad Celsius kommt hinzu.

Mir wird es tatsächlich zu heiß.

Ich sage schweren Herzens ab.

Die Kaffeemaschine ist genial. Vom Kaliber, wie es sich wohl vorrangig Schweizer gönnen. Alles im Haus ist neu und schön. Nur, in drei Monaten wollen sie ihr Domizil selber nutzen, daher darf ich wieder nur das Nötigste auspacken. Das nervt. Sonst ist es traumhaft.

Das Duplex liegt neben Katharinas. Über den Gartenzaun plaudern wir nicht, wir gehen gleich rüber. Die Türen stehen sowieso offen. Katharina erinnert mich an Marilyn Monroe. Sogar den Leberfleck hat sie an derselben Stelle. Sie ist bildschön, hat einen guten Humor und ist geschäftstüchtig. Ich frag mich, warum wir nie den richtigen Mann abgekriegt haben.

Weniger talentierte Exemplare kriegen das auch hin.

Katharina ist in diesen vollbärtigen Kubaner verknallt. Azuro. Nicht mein Typ. Sie schmilzt dahin wie Butter in der Sonne.

Und die machen Musik!

Gestern war es. Sie haben geprobt. Die ganze Band war da. Sie alle kommen aus Kuba und machen Musik, als würde in ihnen ein und dasselbe Herz schlagen.

Alle Babysitter haben kapituliert.

Schreiattacken ohne Ende.

Die Leiterin vom Waldorf-Kindergarten rief mich an, ich soll bitte meinen Sohn abholen, sie könne es nicht mehr verantworten.

Sie meint, dass er ansonsten wohl ein Trauma kriegen könnte. Was soll ich machen?

Am selben Tag passierte noch mehr: eine Literflasche Sonnenöl verteilte Jakob im Wohnzimmer auf dem Fußboden, bis es fiepte.

85

Jakob war stolz drauf und freute sich! Als ich es wieder sauber hatte, konnte ich einen Moment liegen, dankbar, dass die nagelneuen, cremefarbenen Stoffsofas keinen Tropfen abbekommen hatten.

Als ich so vor mich hindöse, höre ich seltsame Geräusche. Es plätschert. Wasser! Wasser? Wasser! Jakob?! Ein Wasserfall läuft die Treppe runter. Jakob hatte das Bidet entdeckt, wir basteln uns eine Fontäne. Unsanft setze ich ihn aufs Bett, gebe die Anweisung, dort zu bleiben. Zeitgleich werfe ich Bettdecken, Handtücher, Vorleger auf die Wassermassen. Wie in Trance wiederhole ich mein Mantra:

„Das darf nicht wahr sein. Das darf nicht wahr sein!"

Zum Glück gab es keine Ohrfeige.

Meine Alarmglocken schrillten umso lauter.

Früchte und Sekt

Sie sind da! Claudia, Manon und Loni. Sie haben von Roswitha ein Apartment gebucht, und bekamen unser allererstes.

Zur Begrüßung hab ich Früchte und Sekt bereitgestellt, perfekt für den ersten Blick übers Meer.

Es ist Nacht. Habe Claudias Manuskript gelesen. Mir macht es Mut, dass ich das auch kann.

Loni und Jakob verstehen sich, wie ein altes Ehepaar.

Betunia hat mich massiert. Der linke Arm tut weh.

Den Versicherungen habe ich das Fax geschickt. Muss dem Bundesaufsichtsamt und der Unfallversicherung noch schreiben.

Claudia kennt sich mit Kindern gut aus. In Berlin hat sie die Kindernotrufzentrale aufgebaut. Über Jakobs Kuschelpferd hat sie den Kontakt zu ihm aufgenommen. Endlich öffnet er sich, erzählt wie es ihm geht.

Manon liest und schreibt viel und entspannt sich auf diese Art vom Berliner Alltag.

Der Strand liegt hier direkt vor dem Haus. Ein Traum. Sie sehen alle schon so gut gebräunt aus, viel mehr als wir.

Haben Janine vom Flughafen Arrecife abgeholt. Sie wird fünf Wochen unser Au-pair sein. Sie macht ein Praktikum, um ihr Spanisch aufzubessern, der Waldorfkindergarten hat sie vermittelt.
Sie ist schön.
Halb Eurasierin, schlank, mit Mandelaugen und langem dunklen Haar. Mit Jakob scheint es gut zu laufen. Bin erleichtert. Alles läuft. Bin überrascht, wie Janine mit Jakob klarkommt. Heute hat sie sogar unsere Wäsche gebügelt, und das alles von sich aus. Mit Jakob spielt sie mit einer Engelsgeduld.
Janine ist vom Himmel gefallen. Ein Geschenk!

Unsere Freunde aus Berlin sind schon abgereist.

Big Bang

Heute geht Janines Rückflug. Bin so traurig, Jakob auch. du wirst uns fehlen.

Ein massiver Knall, dann noch weitere. Begreife nicht was passiert ist. Ich stehe unter Schock. Ein junger Spanier hat uns mit seinem Wagen auf ein Taxi geknallt. Das Taxi kam von vorn wieder zurück und dann noch mal von hinten der BMW. Ungeduldiges Hupen, Sirenen der policia und ambulancia nehme ich wahr. Großes Gezeter mitten in der Altstadt in einer Einbahnstraße. Zum Glück gibt es Zeugen, die die Herren daran hindern einfach wegzufahren. Die Sanitäter öffnen meine Tür.
"Como tu llamas?"
Jakob ist ruhig. Ihm ist anscheinend nichts passiert. Gott sei Dank. Er war angeschnallt. Jakob sieht wie die Männer in weiß mich untersuchen und in den Krankenwagen verfrachten. Hospital General. Urgencia. Erst geht es ganz schnell. Rollstuhl, Halskrause. Dann warten wir Stunde um Stunde. Anderen geht es anscheinend noch

schlimmer. Ab und zu gibt es einen Becher Wasser. Um Mitternacht werden wir entlassen, mit Röntgenaufnahmen und Halskrause.

Am nächsten Tag holt uns Katharina mit ihrem Golf ab, zeigt uns wo unser Wagen steht. Er ist noch fahrtüchtig. Wir fahren an den Strand, zur besten Eisdiele von Puerto del Carmen.
Jakob bekommt sein Zitroneneis.
Ich leiste mir einen „café con leche".

Fünf Tage sind seit dem Unfall vergangen.
Jakob hat seinem Pferdchen alles erzählt.
Immer wieder.

Ruhe.
Die Sonne gibt mir etwas Tröstliches. Diamantenglitzern im unendlichen Blau.

Meine Schulter, der linke Arm, die Hand sind teilweise taub. Am stärksten schmerzt mein Nacken. Die Untersuchungen haben ergeben, dass ich drei Bandscheibenvorfälle habe. Die Versicherung erkennt die Diagnose nicht als

Unfallfolge an. Sie meint, dass es Abnutzungs-erscheinungen seien. Es gibt ein letztes Schmerzensgeld.

Fühl mich ohnmächtig.

Geldautomat

Ein besonderer Tag. Etwas Neues beginnt heute: im Seminarzentrum kann ich nach Bedarf einen der Massageräume anmieten!

Walter und Heidemarie kommen bald aus der Schweiz und wollen wieder in ihr Haus, das sie uns netterweise vermietet haben.

Durch Freunde haben wir eine Wohnung im „Los Molinos" gefunden. Der Swimmingpool ist riesig, inmitten einer botanischen Parkanlage. Haushohe Gummibäume, Palmen, Aloe Veras, blühende Kakteen, leuchtende Bougainvilleas beschäftigen Gärtner, Bademeister und einen Sheriff mit Ordnungsstöckchen.

Bei der Señora im Büro holen wir zweimal die Woche unsere Post. Außer Rechnungen und bösen

Anwaltsschreiben von Edgar, freuen wir uns über ein paar Zeilen mit einem Zehner von Omi. Manchmal kommt sogar Post von Ma & Pa, mit einem Foto oder mahnenden Zeitungsartikeln.

Ich trage einen schwarzen Badeanzug und Shorts. Jakob hat sein gestreiftes Basecap auf. Im Kinderbecken traut er sich schon vom Rand zu springen. Erst schüchtern, dann ist er nicht mehr zu bremsen.

Unser Abendbrot bestehend aus Toast mit Käse und Guyayabe schmeckt vorzüglich. So kommen wir darüber hinweg, dass wir uns momentan keinen Schinken oder anderen Luxus leisten können.

Ich bin am Geldautomaten vom Hotel Playa Roca. Die Versicherung vom ersten Unfall hat das Geld überwiesen.

Jakob wartet zehn Meter weiter im Auto. Als ich wieder einsteige, sieht Jakob die Geldscheine in meiner Hand, und ich sehe, wie sehr es ihn berührt.

Lautlos wischt Jakob sich Tränen weg.

Wie mein Kind unsere Not empfindet, habe ich nicht geahnt.

Dieser Moment brennt sich ein.

In Deutschland werden wohl schon die Nikoläuse im Regal stehen.

Hier ist immer Sommer.

Achtunddreißig. Manchmal komme ich mir alt vor, abgegessen.

Auf der anderen Seite fühle ich wie ein Kind, das nie erwachsen wird. Wem entwachse ich nicht?

Wie machen das meine Eltern? Machen die sich überhaupt Gedanken? Ich sehe die Schuld bei mir: Nun sitze ich mit meinem Kind auf Lanzarote und habe keine festen Einnahmen. Ich habe noch Fünfundsechzig Cent im Portemonnaie. Im Kühlschrank gibt´s noch zwei Liter Milch, drei Eier, Kartoffeln, Toast. Im Froster hab ich ein gebackenes Brot, steinhart. Ich überlege, ob ich das Brot in Wasser einlege und versuche es noch mal zu backen, weil es schade wäre um das Mehl.

November 2004

Hallo Ma, Hallo Pa,

komme gerade von der Massage. Bin froh, dass die Anwendungen tatsächlich helfen. Die Sonne scheint, bei Euch hoffentlich auch ein bisschen.

250 m vor mir glitzert das Meer.

Im Hafen liegen zwei Kreuzfahrtschiffe. Ich überlege, wie ich den Gästen zu meinen Produkten verhelfen kann. Übrigens hat durch das Finanzamt die Bank meine Karte am Automaten einbehalten und gesperrt. Es ist nicht möglich vom deutschen Konto etwas abzuheben.

Ich schicke Euch nochmals meine spanische Bankverbindung. Es ist sehr dringend!!!

Mein größtes Geschenk an Euch wäre, wenn ich Euch den Aufenthalt hier bei uns im „Los Molinos" ermöglichen könnte. Es würde Euch gefallen. Auf der Terrasse kann man sicher gut malen. Sie ist groß und hat Meerblick und ab mittags Schatten.

Jakob und ich durchleben gerade eine Trotzphase. Egal was ich mache, sage oder frage, ich bekomme als Antwort immer ein „Nein". Anziehen, Zähneputzen, eincremen, essen, trinken etc.

immer nur „Nein". Ist nicht so einfach. Komme an meine Grenzen, dann heulen wir Beide und vertragen uns wieder.

Nun eine Übung für Euch gegen das Älterwerden, wenn Ihr wollt: versucht Euch gegenseitig zu erzählen, wie es früher war, als Ihr Euch noch nicht kanntet. Vom Schulweg, Klassenzimmer, wie hieß der Lehrer? Was war in den Ferien los? Was habt Ihr am liebsten angezogen? Lieblingsessen? Geburtstagserinnerungen? Es trainiert und ich merke, dass ich schon mit 38 Jahren etwas Mühe habe, Jakob von mir zu erzählen. Auf bald, schicke Euch kanarische Sonne und viele Grüße

Eure Tochter

Stehe auf. Das Thermometer zeigt 26° Celsius, nachts um 2:39 Uhr kanarischer Zeit.

Ich krieg Luft. Jakob ist in mein Bett gekrochen. Er klingt verschnupft. Heute kann er mir mehr Trost geben als umgekehrt.

Habe geweint. Selten lese ich die Boulevardpresse. Wie ich als gute Mutter meine Interessen hintenanstelle, zumindest rede ich mir das ein, lese ich also nach getaner Arbeit im Bett, bis mir die

Augen zufallen. Lesen ist für mich Luxus. Nun war ich zufrieden, über die Wahlergebnisse, und lese dazu auch das Interview von Ex-Kanzler Schmidt und bewundere nicht nur seine Falten- (Sorgen-?) freie Haut, sondern seine Ideen für den Bundeshaushalt. Die Tatsache, mit meinen Schulden nicht allein zu sein, tröstet mich nicht wirklich. Aber was hat mich aus dem Bett geholt und mich so erschüttert? Seite 3. Die Galerie des Grauens: 13 Mörder, die einen 5-jährigen Jungen zu Tode vergewaltigt haben. Deutschland, in diesem Sommer. Eine nicht fassbare Realität.

Warum geschieht das in Deutschland?

Vielleicht ist das einer der Gründe, warum ich wie auf der Flucht bin.

Lanzarote hat mich nichts gefragt, mich einfach so gelassen. Wochen sind vergangen. Ich erkenne immer mehr, dass es wirklich so ist, dass ich meine Realität erschaffe.

Wenn ich Mozart einlege, höre ich Musik, die mir schon immer gefallen hat. Es ist als würde ich einem Freund begegnen, der mit mir singt und tanzt, der meine Seele bis in den letzten Winkel kennt. Ein Freund, der mir nicht gefährlich wird, auf den ich mich blind verlassen kann. Gibt es den? Musik.

Wer in aller Welt hat festgelegt, dass Nachrichten das Schreckliche berichten müssen?

Hilft es mir? Lässt es mich Wachsen, mein Potential spüren?

Werde ich gezwungen die Zeitung zu kaufen?

Werde ich gezwungen das Radio anzustellen?

Werde ich gezwungen den Fernseher einzuschalten?

Wollen uns die Medien abhärten?

Wer erträgt das alles noch?

Warum wehren wir uns nicht?

Vor ein paar Monaten kamen wir hier auf Lanzarote an, ich und mein dreijähriger Sohn. Kein volles Bankkonto, kein reicher Geliebter, keine wohlhabende Oma. Aber natürlich eine Familie und Freunde, die in Gedanken bei uns sind. Helfen kann nur ich mir selbst. Ich horche ins Leben hinein. Was ist heute meine Lektion? Wäre mein Leben spannender mit dickem Polster? Wohl kaum. Aber das ist mein Glaubenssatz, den ich verändern will. Hey, wie spannend kann es sein, mit Geld zu helfen, wo es einem Menschen hilft? Nun will ich mir erst selber helfen.

Der Schulmeister der Finanzen mahnt:
„Bezahl dich zuerst!" Ich komme mir vor wie bei Rudy Carrells "Am laufenden Band!"
Ich brauche einen Toaster, Fernseher, Urlaubsreise, Auto, Geschirr, Töpfe...

Nie mehr möchte ich irgendjemandem irgendetwas verkaufen müssen.
Wie ein Wanderprediger soll ich durchs Land ziehen, „Nehmt und kauft oder lasst es bleiben!" Ich will nicht mehr.
Der Funke im Pulverfass war Miguel. Er erschien heute nicht zur Massage, sagte auch nicht ab. Dann musste ich trotzdem Raummiete zahlen, für nichts. Schluss.

„Okay, ich gebe dir Papier und Stift, dann kannste gleich anfangen!" war Jakobs Antwort auf meine Absichtserklärung, jetzt Bücher schreiben zu wollen. Sitze vor dem Radio und denke an alte Zeiten. Die Beatles, Elvis, Abba, Barbra Streisand. Ich tauche ab in eine Welt. Manchmal verstehe ich, wie sich Autisten fühlen müssen. Stevie Wonder, Barry White, Stephanie Mills, Sticks, Earth Wind & Fire, Diana Ross, Michael Jackson, Bee Gees, Madonna, Queen, Whitney Huston, Kate Bush, The Carpenters, Eartha Kit, Joe Cocker, George Benson, Sting, Elton John, Chris de Burgh, John Travolta & Olivia Newton John, Cool & The Gang, Grönemeyer...and many other great musicians. Thank you all!

Bin froh eine echte Freundin zu haben.
Katharina hat mir Geld geliehen.
Hoffe, dass es uns bald besser geht.

Noch zehn Minuten, schließe dann Ronnys Laden für Designermode. Bin froh dass ich hier ab und zu aushelfen kann. Es macht Spaß, und ich brauche das Geld. Leider hat es mit der Festanstellung nicht sein sollen. Am Anfang hat Jakob keinen Babysitter geduldet, dann hatten sie Christa für mich eingestellt. Verständlich, aber ärgerlich!

Ich muss Jakob vom Kindergarten abholen und dann am Nachmittag den Mietwagen zurückgeben. Ich sehe gerade, wie eine Frau Zettel an Palmen anbringt. Muss ich sowas auch machen? Bin ich hier richtig?

Ich kann meine Insel nicht genießen.

Betunia und ihre Lebensgefährtin waren da. Sie wollen mit mir arbeiten. Alles auf Spanisch! Welch Strapaze! Welch ein Spaß! Allein das Wort Ziel zu definieren, erklärt über einen Marathon-Lauf, gab Grund für ausgelassene Freude.

Betunia spricht mit mir englisch. Sie sprechen untereinander spanisch. Ich denke deutsch, versuche mich in Spanisch auszudrücken und ergänze in Englisch. Chaos oder Kunst?

Los Molinos

Opa Albert ist gestorben. Er hatte ein erfülltes Leben. Lebte jeden Tag neu. Voll Dankbarkeit. Opa Albert war so modern, er wusste was ihm guttat und was nicht. Er behandelte jeden Menschen mit Achtung und Respekt, auch mich.

Vierundneunzig ist er geworden.

Oma Irmchen ist bereits viele Jahre vor ihm gegangen.

Jetzt ist er wieder bei ihr.

Habe Ma & Pa geschrieben.

Hallo Ihr Beiden!

Wir hoffen, dass es Euch gut geht. Sicher war es in Braunschweig anstrengend. Uns geht es einigermaßen gut, bis auf die finanzielle Not. Es macht mir großes Kopfzerbrechen und ich muss dringend meine Einkünfte steigern. Jakob hat nun Freunde im Waldorfkindergarten, er ist verliebt in die 2½-jährige Ana.

Das Wetter und die Natur sind traumhaft!

Es grüßen Euch

Melanie und Jakob

Morgens um acht kommen wir auf den Parkplatz. Ein schwarzes Kätzchen maunzt vor „unserem"

Auto. Sie passt gerade in meine Hand. Die ganze Fahrt über zum Kindergarten, ist Jakob völlig aus dem Häuschen. Muss mich auf den Verkehr konzentrieren. Auf dem Rückweg besorge ich Katzenfutter und eine Wurmkur.

Wir nennen sie wie „Peacy".

Katharina hat einen Laden in Arrecife gefunden, gegenüber vom Arbeitsamt. Sie wird dort ihre Agentur für „Mach mehr aus Deinem Typ" anbieten, Stilberatung und Schminkkurse für Menschen aller Couleur.

Ihre zusätzliche Künstleragentur für Musiker läuft gut. Selbst am Abend ist sie unterwegs. Carlos ist mit dreizehn Jahren auf sich gestellt. Er kennt es nicht anders. Trotzdem ist Katharina eine liebevolle Mutter.

Sie hat mir angeboten, mit dem *Vitessa Wellness-Konzept* mit in ihren Laden reinzugehen. Obwohl ich Katharina wie eine Schwester liebe, bin ich skeptisch.

Ein großer Fehler

Es ist eine Zeit, in der ich mich nicht mehr zurechtfinde. Mir fehlen die regelmäßigen *Elternbriefe* aus Berlin.

Jakob fordert mich. Meine Kraft geht zu Ende.

Gestern war es so schlimm. Habe Jakob drei Mal unter die kalte Dusche gestellt. Katharina hatte mir das „empfohlen". Was für eine Scheißidee! Wir haben beide geweint. Ich hoffe, mein Kind kann mir das jemals verzeihen. Ich weiß nicht mehr weiter.

Ich habe Fehler gemacht, muss daraus lernen. Ich bin allein verantwortlich für mein Kind. Norbert meldet sich nicht, geht nicht ans Telefon, antwortet nicht auf Post. Mit dieser Verantwortungslosigkeit und Ignoranz komm ich nicht klar. Ich brauche einen Anwalt, der den Unterhalt einfordert. Das Jugendamt hat mir bis zur Abreise monatlich 106,- Euro gezahlt, was wenig ist. Nun fällt auch noch das Kindergeld weg. Die Miete habe ich zum ersten Mal nicht bezahlen können.

In zehn Tagen müssen wir aus der Wohnung raus.

La Gomar

Wie lange noch? Depressionen. Es geht mir besser, wenn die Sonne scheint, oder Jakob gute Laune hat. Das Positive ist das Angebot von Walter, das er mir den Corsa noch einmal vermietet.

Habe mich entschieden, für die letzten 1,80 € Vollkornbrot statt Briefmarken zu kaufen.

Das Foto-Shooting für den neuen Image-Katalog von Katharina ist gut gelaufen! Sie ist ein Profi. Einen Tag Maniкürmodellage, vier Stunden beim Friseur-Team, drei Tage suchen wir in Boutiquen bis alle Looks und ihre Accessoires passen. Die Ruckzuck-Aktion mit den Augenbrauen beschert mir zwei Veilchen und eine Woche Wartezeit bis die Schwellungen abgeklungen sind.

Für die Aufnahmen brauchen wir nur zwei Stunden. Der Fotograph hat mich gelobt, mich gefragt ob ich als Profi-Modell arbeite. Das Panorama von „La Gomar" wirkte schon für sich wie die „Blaue Lagune". Die meisten Klamotten durfte ich behalten, und den Schmuck. Die Fotos werden super.

In drei Tagen ist Heiligabend. Der Weihnachts-
mann bringt meinem Kind Legosteine und
Lebkuchen. Für mich einen Kimono, den ich für
20,-€ in einem Asia Shop entdeckt habe.
Habe weitere Absagen meiner Bewerbungen
bekommen. Vom Flughafen und dem Reformhaus.
Es geht eben nicht ohne Schichtdienst.
Dafür habe ich eine neue Kundin. Es ist die Chefin
vom „restaurante estrella" in Yaiza, Marlis
Fürstenberg. Das Haus von Fürstenbergs ist nobel,
stilvoll und kreativ eingerichtet. Mit antiken
Möbeln und einem Pool statt Patio.

Am zweiten Feiertag sehe ich die Bilder von der
Tsunami-Katastrophe, Bilder, die ich nicht fassen
kann. Ich habe Angst.

Den Tag vor Silvester sind wir ausgezogen.
Katharina hat uns zwei Zimmer in einer Frauen-
WG in Arrecife besorgt, bei Alisa und Bibi.
Es ist das erste Eckhaus direkt an der Strandstraße,
in der Nähe des *Grand Hotel*. Ich zahle ein Drittel
meiner vorherigen Miete. Ein fairer Preis für das
Edificio El Islote.

Liz gab mir Pinkys Nummer. Urgestein. Das Haus, in dem sie wohnt, war eins der Ersten, als sie kam, vor dreißig Jahren. Sie war die Gattin eines Großindustriellen, der sie mit seiner Sekretärin betrog. Die Großen dieser Welt hat sie kennen gelernt. Jakob und mir hat sie Waffeln gebacken, mit Guyayabe-Marmelade. Seitdem lieben wir sie auch.

Silvester feierte Pinky mit uns im *Hotel Teguise Playa*. Es gab eine glamouröse Show mit allem Zauber, Luftschlangen und Pappnasen. Genau das Richtige! Jakob bekam zwei Apfelschorlen, ich zwei Campari-Orange. Um zwölf versank alles im Feuerwerksrausch. „Happy New Year!"

Los Reyes

Vom Wintergarten hat man den Blick übers Meer. Ich sehe die Vulkankette von *Puerto del Carmen*. Es gibt vier Schlafzimmer. Zwei konnten wir mieten. In einem habe ich mein Büro eingerichtet. Das Zimmer, in dem wir schlafen, liegt zur

Waschküche. Der Salon ist so groß, wie alle Schlafzimmer zusammen. In der Küche essen wir oft gemeinsam. Die Speisekammer ist gut bestückt. Jeder hat sein Regal. Haben Weihnachtspralinen von Alisa genascht. Sie zergehen auf der Zunge und duften nach Mandeln. Sie haben so viele davon.

Alisas hat ihr eigenes Bad. Sie arbeitet Akkord für diesen Immobilienhai. Sie braucht die Kohle. Ihre Mutter besitzt in Madrid eine der größten Estate-Agenturen. Aber sie will es irgendwann allein schaffen. Sie kriegt das hin. Klein aber oho! Die Haare sind so schwarz wie die einer Ägypterin, die dunklen Augen kommen durch den Kajal noch mehr zur Wirkung. Alisa verströmt Lebensfreude, das hat mir gefehlt. Bibi ist eher die ruhigere, obwohl sie drei Jahre jünger ist. Sie lachen beide gern, vor allem wegen der muchachos. Bibi ist noch Praktikantin bei einer Hausverwaltung. Ihre Mittagspausen verbringt sie im Auto. Es lohnt sich nicht nach Hause zu fahren, sagt sie.

Leider qualmen unsere WG-Freunde. Immerhin rauchen sie nur, wenn das Fenster vom Wintergarten offensteht. Peacy balanciert problemlos von einem Balkonkasten zum nächsten, im dritten Stock!

Der Korridor zwischen dem Salon und der Eingangstür ist so lang, dass Jakob ihn mit seinem Holzroller als Rennstrecke nutzt. Die Katze immer hinterher. Unsere Freunde kommen gern zu uns zu Besuch.

Es ist fast ein bisschen wie früher, als ich noch in Lichtenrade wohnte, und die Downline jeden Tag zu mir kam. Wir gehen nach dem Essen manchmal ans Meer. Bei Seegang spritzt uns an der Reling die Gischt ins Gesicht.

Pinky versucht mir einen Job im *Hotel Beatrix* zu besorgen. Vergebens. Mein Spanisch ist zu dürftig.

Den Umzug der Heiligen Drei Könige am 6. Januar, wollen wir von Pinkys Balkon miterleben. Strandstrasse, erste Reihe! Wir fahren in Richtung Puerto del Carmen, bis der Motor von Walters Corsa versagt.

Mit letztem Schwung lenke ich den Hügel nach Tias hinauf und lass den Wagen in einer Parklücke ausrollen. Das war´s. Im selben Moment biegen *Los Reyes* auf ihren Kamelen um die Ecke, umringt von einer Menschenmasse. Hauptsächlich Kinder. Wir haben den richtigen Moment erwischt. So genanntes Glück im Unglück!

Es regnet Kamellen, die Kinder kreischen. Der Korso sammelt sich vor der Bühne im grellen Scheinwerferlicht. Aus dem Lautsprecher, vom Bürgermeister eine ohrenbetäubende Weihnachtsansprache. Die Könige steigen von den Kamelen. Ihre Turbane leuchten weiß, goldbehangen in kostbaren Gewändern. Auf der Bühne nehmen sie auf den Thronsesseln Platz und geben jedem Kind höchst feierlich, einem nach dem anderen, eine Hand voll Bonbons.

Jakob will nicht, ist ihm zu voll, zu laut. Mir auch. Wir gehen rüber zu einem der Pavillons, wo allen warmer Kakao und Donats ausgegeben werden. Daneben die Leibwachen, Polizei mit Blaulicht. Einer winkt Jakob zu, sich auf sein einsatzbereites Motorrad zu setzen. Mein Schatz geniert sich, freut sich aber noch tagelang über die verlockende Möglichkeit.

Pinky wartet vergebens auf uns. Zu Fuß brauchen wir nur einige Minuten, bis wir zu Katharinas Haus kommen. Sie fährt uns nach Arrecife.

Walter will sie gleich morgen über die Autopanne informieren. Wie peinlich.

Den Ölwechsel hatte ich hinausgeschoben. Das war der Grund für den Motorschaden.

Muss mich nun an der Reparatur beteiligen, habe Walter meine Hand draufgegeben. Wie soll ich das regeln? Warte auf Schmerzensgeld. Jede Woche bekomme ich Fango, Massage und Strom. Richtig hilft nichts. Die Reparatur steht trotzdem an.

Von oben sieht man ständig den gleichen Typen, wie er den Autofahrern freie Plätze zuweist, Trinkgeld kassiert. Wann schläft der eigentlich?

Zweitausend Euro muss ich Katharina zurückgeben. Ich hatte davon den Fernseher gekauft, den DVD-Player und einen elektrischen Heizofen. Mit dem Rest konnte ich endlich meine Schulden ringsum begleichen und den Kühlschrank mal richtig füllen.

Endlich hat sich Jakob in seinem Kindergarten eingelebt. Die Rituale geben ihm Sicherheit.

Er singt die kanarischen Lieder im gleichförmigen Sing-Sang. Ich versteh nur die Hälfte, doch es ist besonders ihm zuzusehen. Er macht aus den Liedern ein Bühnenstück mit wiederkehrenden Abläufen. Seine Maestras meinen, Jakob spreche fließend, akzentfreies Spanisch.

Eine Entscheidung

Liebste Omi,
heute habe ich deinen rettenden Brief bekommen.
Ich danke Dir von Herzen! Ich denke Du kannst es
nachempfinden, wie es mir geht. Du warst auch
einige Jahre alleinerziehend, so wie ich hast Du für
Dich und Dein Kind ums tägliche Brot gekämpft!

Ich frage mich, warum ich es oft so schwer habe. Warum kann nicht für einen längeren Zeitraum mal alles gut laufen?

Ich kann entscheiden, was ich denke, ich kann entscheiden, was ich fühle. Wer erdreistet sich, mir zu sagen, wie ich sein soll, wie ich leben darf? In der Kindheit sagen mir die Eltern, was ich tun soll, in der Schulzeit sagt mir der Lehrer, was ich tun soll, in der Lehre sagt mir der Meister, was ich tun soll, dann sagt mir der Bänker, was ich tun soll, der Partner, der Fernseher, die Werbung, die Presse, der Gerichtsvollzieher, was ich tun soll, was ich tun muss. Lebe ich oder werde ich gelebt?

Wir werden abgeblockt, nicht angehört, nicht akzeptiert, ausgegrenzt.

> „Das größte Übel, das wir unseren Mitmenschen antun können, ist nicht sie zu hassen, sondern ihnen gegenüber gleichgültig zu sein. Das ist absolute Unmenschlichkeit."

George Bernhard Shaw

Die Zeit ist reif für Reformen.

Was ich heute kaufte:

1 Toast, 8 Joghurts, Apfel-saft, 1 Dose Katzenfutter,

1 Kilo Reis, 2 Liter Milch,

1 kleine Salami,

1 Kilo Zucker, 2 Orangen,

1 Gurke, 3 Äpfel, 2 Donats.

Summe: 16,86 €.

Oma hatte mir 20 € geschickt, blieben mir also noch 3,20 € übrig.

80 Cent hatte ich noch, zehn Kartoffeln und etwas eingefrorenen Kuchen.

Habe eine Entscheidung getroffen: Ich reise ab!

Ich habe lange gebraucht, um herauszufinden, dass ich doch lieber in Deutschland lebe als hier.

Die Natur ist traumhaft, das Klima wunderbar. Palmen, Sandstrände, Sonne, Licht, Helligkeit, Blumen und die Musik der Gitarren, das werde ich vermissen. Auch die Art der Fiestas werde ich in Deutschland so nicht erleben. Dafür werde ich vielleicht anderes haben:

meine Familie, meine Muttersprache, das Schreiben, Kunst, alte Freunde und hoffentlich mehr finanzielle Absicherung.

Ich sitze im Chaos, ringsherum Koffer, Tüten, Kisten, Staub. Abschied. Es schüttelt mich, kann nur noch weinen, fühle Abschiedsschmerz.

Meine Entscheidung steht. Wir gehen nach Deutschland zurück. Es kommen auch Zweifel. Frag mich, ob ich noch ganz dicht bin. Meerblick, Temperaturen um 25°C, Palmen. Das einfache, harte Leben. Hoffe ich mache keinen Fehler. Trotzdem, irgendwas fehlt.

Jakob erzählt sich was auf Spanisch. Es gibt zwei Herzen in seiner Brust. Ein sanftes und eins, das unkontrolliert ist. Sie sagt auch, dass er perfekt Spanisch spricht. „Sin accento!" Auch jetzt, wo ich ihm zuhöre. Increible! „Los angelitos..."
Die spanische Kindergärtnerin Rochelia meint, sie bräuchte zwei Jahre, um ihn zu prägen, zu schützen... „cuidar". Sie ist traurig, dass wir gehen.

Playa de Reducto

Jakob baut eine Strandburg. Wind weht, die Sonne geht bald unter. Hinter uns Baustellenlärm. Presslufthammer, Kreissägen, LKWs laden ab. Die Bauarbeiter aus Kuba, Kolumbien, Argentinien.
Sie denken an ihren Sold, an ihre Frauen, an ihre Kinder. Und dann? Dann kommt von der Plus-Minus Liste Beschwichtigung und Gleichmut. Und das nennt man dann irgendwann Resignation. Zwischendurch gibt´s ja auch Siestas und Fiestas, die Schmerzen werden erträglich. Und Musik können die machen!
Viva Kuba!

Arrecife

Nachts 1.30 h. Habe heute als Camarera in einer Bodega in Tias gearbeitet. Erst lief es ganz gut, es gab sogar Tipp.
Aber irgendwann kam es mir komisch vor.
„El chefe" hat mit seinem Barkeeper rumgealbert, wurde richtig übermütig. Dann habe ich hinterm

Tresen so ein Inhalationsgerät gesehen. Die beiden haben Kokain genommen.

Kurz vor Mitternacht will ich einen Schluck Wasser trinken. Ein fast unsichtbares Gel schmiert klebrig an meinem Glas, direkt am Rand. Ekelig, glitschig, säuerlich. Mein Kreislauf geht sofort runter. Es macht mir den Mund sofort trocken, mir wird schwindlig. Bin aufs Klo, muss spucken. Ein unbekannter Druck auf der Seite. Hilfe! Die Alarmsirenen schrillen in meinem Innersten. Alarm! Policia!

Okay, okay, nur ruhig Blut, es ist nichts passiert. Ich hab's ausgespuckt. Was an den Lippen und im Mund war, kann ich nur abwischen, mehr kann ich jetzt nicht machen. Kein Wasser mehr trinken, hier überhaupt nichts mehr trinken, nie wieder! Ich muss mich irgendwie beruhigen, nichts anmerken lassen. Weitermachen. Ich brauche die 40 Euro. Diese verfluchte Kohle! Hab keinen Ton gesagt. Ich hab mich so zusammengerissen. Jetzt weiß ich was Zusammenreißen bedeutet.

Hab dem Babysitter 10 Euro gegeben.

Eva, eine benachbarte Freundin von Bibi und Alisa, war rübergekommen, hatte ihren Lover mitgebracht. Alisa ist in Madrid. Bibi mit einer Freundin im Cine. Wenn ich nur das Geld nicht gebraucht hätte! Am liebsten hätte ich eine Razzia veranlasst, mit Blutproben und allem was dazu gehört. Wer hat Euch erlaubt mich zu missbrauchen?

Alisa hat ihrem Chef gekündigt. Gratulation! Würde gern von ihr lernen, wie man Immobilien verkauft und ihr Network Marketing beibringen. Wenn ich es nur wüsste. Morgen kann ich den Kühlschrank füllen, und den Benzintank. Endlich.

In drei Wochen geht's nach Hause.

Peacy

Es hat geregnet. Tagelang. Jakob schreibt am PC einen Brief an seinen Papa. Seit vielen Monaten haben wir kein Lebenszeichen von ihm.

Die Büroklammer-Schreibhilfe verdreht die Augen und lächelt milde.

Jakob hat angeblich wieder die Windpocken.

Ich die Gürtelrose.

Wir frühstücken gerade, mit Waldorf-Wiesenblumen von Rochelia, Kerzenschein und Salsa. Wo sie die Blumen nur gefunden hat? Übermorgen geht´s nach Berlin.

Post von Ma. Im Umschlag 15 Euro.

Presslufthammer und schwere Maschinen arbeiten weiter. Bauschutt und Lärm wirbeln hoch. Die Scheiben in meinem Bürozimmerchen sind so dreckig, dass ich das Haus gegenüber nur erahne. Als ich heute wach werde, liegt Peacy auf meiner Brust. Ich muss weinen. Katerchen legt mir eine Pfote auf den Mund, als wolle er sagen:

„Ich weiß Bescheid, du brauchst nichts zu sagen."

Nun schläft er auf meinem Schoß.

Berlin, bald kommen wir.

Eine Nacht ohne Sorgen

6.24 Uhr: Vor dem Wecker aufgestanden

9.30 Uhr: Marianne kommt

9.45 Uhr: Maja kommt mit ihrem Bus

Jemand liegt im Blaumann direkt vor der Tür und schraubt an seinem Auto. Ein unverhoffter Engel! Er packt an, und fährt sogar noch bis zum Flughafen mit. Danke José!

10.30 Uhr: Mit Roller, Fahrrad, Kindersitz, Kinderwagen, insgesamt zwanzig Gepäckstücke.

11.30 Uhr: Flughafen.

Es sind zweihundertsechsundachtzig Kilo. Nur für Hundert zahle ich Übergepäck. Pro kg sind es vier Euro. Pa muss mir bitte helfen. Wo finde ich ihn? Ma&Pa sind nicht erreichbar. Hinterlasse eine Nachricht auf der Mailbox. Die EC-Karten-Nr. ist auf der Ticketreservierung notiert, so kann das Übergepäck gebucht werden. Pa ruft zurück, ermuntert mich. Fünf Minuten danach schickt er Zweifel per SMS, ob alles so richtig ist.

Kann jetzt nichts mehr ändern.

13.00 Uhr: Mein erster café con leche.

119

Für Jakob ein Rosinenbrötchen und Apfelsaft.

14.00 Uhr: Grit kommt.

Drei Koffer können nicht mit, die einfach zu schwer sind. Fische noch Bilderbücher, Röntgenaufnahmen und Osterdeko aus einem der Koffer, die Grit netterweise bei sich deponiert. Bücher, Akten und Abendrobe bleiben hier.

15.00 Uhr: Endlich Bording. Das Handgepäck ist schwer, zu schwer für meine Bandscheiben.

16.25 Uhr: Verspätung wegen Schnee in Berlin.

17.00 Uhr: Wir sitzen in der Maschine, rollen Richtung Startbahn. Nach fünfhundert Metern hält die Maschine. Wir müssen warten. Alles zurück. Keiner weiß was los ist.

Jakob ist sehr geduldig, will aber endlich zu Oma und Opa.

Wir schwitzen in der verglasten Halle.

Man versucht den ganzen Nachmittag den Bord-Computer zu reparieren. Ohne Erfolg.

„Wir bitten die Passagiere gebucht nach Berlin zum Gate Nr.21!" Es gibt Pommes mit Schnitzel und Salat. Denke an Norberts Schnitzel.

Es war einmal.

Es ist 20 Uhr. Alle müssen ihr Gepäck holen. Wir auch. Das kräftige Elektriker-Paar hilft mir. Wieder Engel in Aktion!

21.30 Uhr: Ankunft mit Bussen am Yachthafen im neuen Fünf-Sterne-Hotel. Jakob und ich lassen das Badewasser mit viel Schaum ein. Es ist das schönste Marmorbad, das ich je gesehen habe.

Bin dankbar eine Nacht im Luxus verbringen zu dürfen. Als hätte sich das Schicksal unseren Abschied ausgedacht. Eine Nacht ohne Sorgen. Buenas noches.

3. Kapitel

Berlin

Seit drei Wochen wohnen wir in meinem alten Kinderzimmer bei meinen Eltern. Ich halte es aus. Jakob auch.

Opa spielt geduldig mit ihm und seinem neuen Kran. Zirkusvariationen sind der neueste Hit. Es baumeln und balancieren immer neue Figuren, Clowns hängen am Trapez. Keiner darf das Zimmer betreten, das ist reine Männersache.

Es ist kalt. Zwei Grad.

Die Kirschbäume sind groß geworden. Das Futterhäuschen lockt Frühlingsboten an. Jakob soll in den Waldorfkindergarten in Zehlendorf. Mal sehen. Ansonsten bin ich recht zuversichtlich. Hab einen 400 Euro-Job mit Dienstwagen, im Zahnlabor in Potsdam.

Ihr zwingt mich nicht in das Leben, das ihr für mich vorgesehen habt. Das Jobcenter will mich mürbe machen, so dass ich egal was, irgendeinen Job annehme.

Ich würde so gerne arbeiten, gebt mir doch bitte einen Job. Jede Woche bewerbe ich mich aufs neu.

Alleinerziehend mit kleinem Kind, werde ich nicht mal zu Vorstellungsgesprächen eingeladen.

Ich war noch nie vorher arbeitslos. Es ist das erste Mal in fast zwanzig Jahren.

Ich würde zu gerne arbeiten, glaubt mir.

Habe zweiundzwanzig Auszeichnungen und Zeugnisse, die mir nicht wirklich nützen.

Berlin! Da bist du wieder, du alte Diva. deine tausend Gesichter zeigste mir, schillernd, proletenhaft, im feinsten Zwirn. Haben die ooch Hirn? Die Berliner Luft mit Grunewald-Duft. Kommst wohl aus Kleinmachnow, wa?

Du alter Zirkusjaul, funktionierst jar nich oder gleich wie am Schnürchen. Berlin, du machst mich kirre, wat soll ick bloß mit dir noch machen? Allet is hier richtig, allet is hier wichtig, allet ist hier nichtig. Berlin, du bist schon so ne Kleene. Dir kann man ooch nicht böse sein. Du bist und bleibst Berlin.

Und mein süßer Schatz schläft wie ein Engel mit Pferdchen und Schneckemaus. Gestern wollte er vor lauter Wut Oma und Opa ins Gefängnis stecken:

„Da könnta mal nen bischen nachdenken über den villen Blödsinn, den ihr so quasselt und denn hat die Mama mit mir den Schrebergarten ganz für uns alleene, wa? Und außerdem hab ick ja <u>noch</u> zwei Omis!"

Und wie wird´s in hundert Jahren sein? Na eben anders, meene Herrschaften! Und wer det nicht begreift, wer nich mit der Zeit jeht, der jeht mit de Zeit, so isset. Also jeh mit der Zeit, sei schon vor ihr da! Weeßte denn nich, du musst schon anjekommen sein, bevor de abjeflogen bist, sagt olle Möwe Jonathan. Aber wie machste det bloß ohne Flüjelschlach? Also globst du, dass de ankommst, wenn de nich losfliegst? Ick gloob ick dreh langsam durch, oder? Bin ick noch janz dicht im Koppe?

Jakob ist außer Puste, Matratzenhopspause.
„Wenn du auch hopst, dann schmilzt dein Aua am Arm, Mama!"

Zu viele Fragen

Heute Nacht stirbt Papst Johannes Paul II.

Gespräch mit Gott. Liebe ich das Leiden so sehr, damit ich Gott nah bin? Gott, du hast mich gewollt, wie alle Kinder dieser Erde.

Mit Oma habe ich Bettwäsche aussortiert. Sie hat fünfundzwanzig Bezüge, wir nur drei. Habe den Eindruck, ich packe nur noch ein und aus.
Endlich mal Wurzeln schlagen, geht das?

Wannsee. Mit Absicht hab ich in dieser Gegend Zettel aufgehängt. Meinem Kind und mir möchte ich Sicherheit und etwas Niveau bieten, falls das überhaupt planbar ist. Wannsee. Wie lange willst du uns ein zu Hause geben? Hoffentlich klappt alles. Logisch, dass die Wohnung nicht auf ewig ist. Sie ist klein, aber preisgünstig und wird vom Jobcenter bezahlt. Im nächsten Halbjahr will ich mein Gewerbe wieder anmelden und richtig Geld verdienen.

Puzzleteile

Der Kindergarten ist besonders. Die Kinder dürfen sich frei bewegen, sich Spiele selber ausdenken. Die Erzieher sind Manuel, Sandra, Barbara und Marie-Carmen. Marie-Carmen ist Mexikanerin, so kann Jakob sein Spanisch weitersprechen. Was für ein Zufall, aber ich glaub ja sowieso nicht mehr an Zufälle, nur noch an Puzzleteile, die nach und nach ein Bild ergeben.

Wir kriegen eine Grundsicherung, das Kindergeld wird natürlich verrechnet, Unterhalt auch. Die Miete soll übernommen werden, erlaubt sind zwei Zimmer. Also komme ich inklusive der Mietübernahme auf rund 950,- € pro Monat.
Bin so froh, dass Jakob Bio-Mittagessen und viel Obst im Kindergarten bekommt.

Drei Kerzen

Bin am Ludwigkirchplatz in die Kirche gegangen, mitten in der Woche, wollte beten.

Eine Obdachlose hat mich abgelenkt. Beim Gehen bin ich durchs Mittelschiff und hab eben noch mal eine Bibel aufgeschlagen.

„du hast nur noch Eile und Termine, aber die wesentliche Zeit, Zeit für die Liebe, nimmst du dir wohl nicht. Die Liebe ist das Wesen des Lebens."

Drei Kerzen brannten.

Sitze beim Jobcenter. Gibt es hier tatsächlich Jobs? Jetzt wird die Sachbearbeiterin mich erstmal sezieren wollen.

Jakob planscht im Garten mit seiner Wasserrutsche, die ihm Lonis Oma zum Geburtstag geschenkt hat. Jetzt beginnt ein neuer Lebensabschnitt. Gestern habe ich die letzte Vitessa-Präsentation besucht. Es ist windstill.

Mir tun meine Nieren weh. Hab mir was an der Blase geholt. Indian Summer.

Gestern hat es sich richtig abgeregnet.

Die Luft riecht frisch und klar, wie an einem Sonntag.

Hab gerade ferngesehen, „Einsatz in vier Wänden". Es ging mir so nah, wie die Kinder und die Mutter vor lauter Glück über ihre neue Wohnung geweint haben. Ich könnte so etwas auch gut gebrauchen. Einfach Jemand, der zu mir und Jakob mal großzügig ist, uns hilft uns besser zu fühlen.

Mir wird gerade wieder bewusst, wie dankbar ich Roberta bin. Ein- bis zweimal pro Woche ist sie bei Jakob. Sie geht mit ihm zum Stölpchensee. Oder zum „Märchenwald", da erfindet sie immer neue Geschichten.

Norbert ruft nie an. Wenn ihm danach ist, meldet er sich spontan, und dann müssen wir sofort Zeit für ihn haben. Andersrum hat er nie Zeit für uns, wenn wir ihn mal brauchen. Besonders wenn Jakob ihm schreibt, oder ihn anruft. Er ruft einfach nicht zurück. Jakob spürt, dass sein Vater nicht zuverlässig ist. Es ist schon so wenig, was wir wollen. Den Unterhalt zahlt mir das Jugendamt, so vermeide ich das leidliche Thema.

Ich habe noch immer Schulden.

Lieber Gott, mach mich schuldenfrei.

Ich bekomme:

      785,- € vom Jobcenter incl. Miete

+   127,- € Unterhalt vom Jugendamt/Vater

+   154,- € Kindergeld von d. Familienkasse

=   1.066,-€mtl. für einen Zwei-Personenhaushalt

Davon zahle ich:

  395,- € Miete

   38,- € Kita

    5,- € Elternbeitrag für Kita e.V.

  150,- € Essen

   65,- € Telefon mit Flatrate

   35,- € Handy

   60,- € Benzin (15,- pro Woche)

   40,- € Strom

   50,- € Wasser und Heizkostennachzahlung

   60,- € Rentenabsicherung

   46,- € Abzahlung Kreditkarte

   62,- € Autoversicherung

   21,- € Unfallversicherung

_____

1.037,- € Summe

Bleiben mir 29,-€ für Extras wie Geburtstage oder Friseur.

Wenn Jakob Lust hat ein Instrument zu lernen, werde ich woanders das Geld dafür einsparen. Bildung ist wichtig. Der Ausweis für die Stadtbücherei kostet zehn Euro im Jahr. Das geht. Was ich sehr vermisse sind Konzerte oder mal ins Kino. Kaum zu glauben, dass sich mein Lebensstandard so rasant verändert hat.

Gebe die Hoffnung noch nicht auf.

Schröders Garten zu hüten macht Spaß. Jakob hat an den Himbeeren seine Freude. Es ist schön zu beobachten, welche Empfindungen mein Kind für die Blumen und Pflanzen hat. Er spricht mit Ihnen. Wenn wir aus dem Garten kommen geht es uns immer besser als vorher.

Jakob kam heute gegen sechs Uhr in mein Bett. „Mama, bitte versprich mir, dass es am Morgen keine bösen Leute gibt, nur am Abend, ja!?"

Ich sage ihm, dass es bei uns sowieso keine bösen Leute gäbe. Außerdem solle er doch immer daran denken, dass seine Engel auf ihn aufpassen.

„Und der liebe Gott!"

„Ja Jakob, der natürlich auch."

Das schien ihn etwas beruhigt zu haben. Ich deckte uns zu. Er lag bei mir, ganz warm. Dann merkte ich, wie Jakob zittert. Da ich schon registriert habe, dass er sich ohne Scheu selbstbefriedigt, nehm ich an, es wäre wieder so weit.

Ich dreh mich um, mit dem Rücken zu ihm und ermahne ihn, doch bitte aufzuhören. So kann ich nicht weiterschlafen. Nach Minuten merke ich, dass sein Zittern nicht weniger wird, und nehme an, er würde weitermachen. Da begreif ich, dass seine Hände nicht unter der Decke sind, sondern Jakob vor Angst zittert!

Meine Güte. Wovor hat er Angst?

Jakob wartet am Fenster sitzend auf seinen Papa. Norbert kommt, schlechte Stimmung. Atmosphäre schrecklich aggressiv. Ich am Telefon mit Claudia, wir besprechen den Ablauf für ihre Gala. Verzweifle fast. Hätte ihr das nie anbieten dürfen, im Notfall für sie das Protokoll zu schreiben. Jakob und Norbert sind mit den Fahrrädern im Wald. Seine E-

Mail hinterher ist bodenlos, respektlos. Warum nur? Wollte er mich treffen?

Brauche mehr Abgrenzung.

Nur etwas Halt

Gestern hab ich begonnen, die ersten Fotos zu entsorgen, die mich blockierten. Es tut gut, sich zu befreien.

Sonntag erzählt mir Omi, dass sie es nicht verstehen kann, warum mir meine Mutter ständig Zucker und Honig auf den Nuckel gab.

Der damalige Zahnarzt in Wilmersdorf, hatte sie daraufhin angesprochen:

„Solche Kinderzähne habe er noch nie gesehen!" Es zog sich wie eine schwarze Linie über meine Milchzähne. Ich wurde anscheinend nur abgefüttert und in Nylonklamotten gepfercht. Warum hast du mich so behandelt, Mama? Was ich von dir gebraucht habe, war einfach nur Liebe. Mal ein Lob, etwas Anerkennung, einfach nur das Gefühl, dass du als Mutter stolz auf mich bist.

Alles habe ich getan, um dir zu gefallen, um wenigstens einmal von dir zu hören, dass ich etwas gut kann. Ich bin doch nur dein Kind.

Jakob, schläft bei Roberta. Die Oberschwester hat mir Bettruhe verordnet, hat Kartoffelpuffer mit Apfelmus gezaubert sowie echte Hühnersuppe!
Ich sollte besser schlafen. Meine Lunge ist belegt, die Immunabwehr geschwächt.
Unsere Fixpunkte sind der Kindergarten, der Sport, Sesamstraße, Roberta und Oma Klara.
Alles andere ist nicht greifbar.

Sonntagmorgen, 8:34 Uhr. Die Jalousien habe ich einen Spalt geöffnet, um den Tag hereinzulassen. Frische Luft nach dem Regen.
Hab meine Tage bekommen. Na ja, das Programm kennen wir ja, immer alles auf einmal. Werde wohl damit zur Ruhe ermahnt.
Der Zug des alten, ehemaligen Lebens ist wohl langsam zum Stehen gekommen.
Das neue Leben wartet bereits? Mit Neugier und etwas Ungeduld will ich um die Ecke schmulen. Lese T.C. Boyle, Albert Einstein, Fengshui, ein

Buch zu kreativem Schreiben und Hermann Hesse. Gedichte von Erich Fried. Auch hier, alles auf einmal.

Die ersten frühen Autos lassen die Pfützen spritzen. Das hangabwärts fließende Regenwasser, plätschert schon wie ein kleiner Bach. Es hört sich so beruhigend an, und doch fließt es schnell, man könnte Schiffchen fahren lassen.

„Pride and Prejudice" Jane Austen. War mit Elke seit langem mal wieder im Kino. Fühl mich wie ein Backfisch. Alles ist möglich.

Wer liebt mich? Welcher Mann ist mein Mann?

Mein Eisbär ist mir treu, er wärmt mir den Hintern.

Armut in Deutschland

Ich will endlich die Melanie sein, die ich wirklich bin. Im tiefsten Innern zittert meine Seele vor Sehnsucht nach Befreiung. Wie gehe ich den nächsten Schritt? Ich laufe vor mir selber weg. Verkrieche mich, habe Angst zu versagen. Frust und Pessimismus wollen sich in meine Gedanken einschleichen. Hilfe! Zum Glück ist schon 13:46 Uhr, mein Alibi für eine Siesta, die ich mir auf Lanzarote angewöhnt habe. Habe Sehnsucht nach Geborgenheit und Liebe und schäme mich dafür. Will nicht immer nur stark sein müssen. Lieber Gott, schicke mir neue Menschen in mein Leben.

Berliner Zeitung. Titelseite:
"Kinderschützer schlagen Alarm:
2,6 Millionen leben in Armut."
In Deutschland leben nach Angaben des Deutschen Kinderschutzbundes (DKSB) weit mehr Kinder und Jugendliche in Armut als offiziell angegeben. DKSB-Präsident Heinz Hilgers sprach gestern in Berlin von 2,6 Mio. Minderjährigen. Das sei skandalös.

Hilgers verlangte von der Bundesregierung deutlich mehr Hilfen für arme Kinder als bisher geplant. Der Kinderzuschlag für Geringverdiener müsse von derzeit 140 auf 175 Euro monatlich angehoben werden. Vom dritten Kind an müsse er 225 Euro betragen. Hilgers erläuterte, im März hätten allein 1,929 Millionen Kinder unter 15

Jahren in Familien gelebt, die auf Arbeitslosengeld II angewiesen sind.

Ältere Kinder würden in dieser Debatte ausgeblendet. Angaben aus der Sozialhilfe- und der Asylbewerber-Statistik müssten hinzugerechnet werden.

Nach Ansicht Hilgers muss es der Politik zu denken geben, dass die Zahl der Jungen und Mädchen in Armut trotz der sinkenden Arbeitslosenzahl ansteige.

Heute Morgen wurden wir vor dem Wecker wach. Es ist noch dunkel. Die Fenster sind wie jeden Morgen beschlagen. Ob es wieder geschneit hat? Vertraute Geräusche der Müllabfuhr.

Es hört sich noch immer alles wie schallgedämpft an, obwohl der Schnee bereits in Matsch übergegangen ist. Scheint glatt zu sein. Mein Auto ist wohl das Einzige in der Stadt, dass noch keine Winterreifen drauf hat.

Ich denke an den gestrigen Einkauf, den ich mit dem letzten 5 Euro-Schein doch noch hinbekam: Haferflocken, Milch, eine Flasche Essig zum Putzen und 12 Eier aus Bio-Freilandhaltung.

Freilandhaltung war seit Monaten offiziell wegen Vogelgrippe verboten, oder nicht?

„Dieses Huhn legt ihr Ei!" war mal Titelthema, zeigte ein krankes, gerupftes Tier auf Augenhöhe. Aus den Augen aus dem Sinn.

Ich fahr also zum Winterreifen-Restelager nach Spandau. Die Ampelpause nutze ich, um die beschlagenen Scheiben zu wischen. Sehe noch immer alles verschwommen. Warum ist das wiederum ein Phänomen, was anscheinend nur mich betrifft? Die Autos rechts und links von mir haben alle freie Sicht. Wahrscheinlich ein „Freud'sches" Thema. Klare Sicht auf mein Leben, hatte ich die jemals?

Klassikradio gelingt es, meiner Realität für ein paar Momente zu entfliehen.

Mozart.

Die Einundzwanzigste.

Meine Musik!

Auf einer kleinen Wolke zeitlosen Glücks, reise ich in zu schönsten Erinnerungen und in die Ferne zu meinem Prinzen, der bereits irgendwo auf meinen ersten Kuss wartet. Wo bist du?

Denkst du auch an mich, obwohl wir uns noch nicht begegnet sind?

Wann werde ich dir begegnen?

Immer noch so eisig. Minus zwanzig Grad Celsius. Zum Glück haben wir es schön warm. Wir fühlen uns wohl hier. Jakob meint, das Einzige, was ihn störe, sei der Friedhof. Als wir einzogen, sind wir dort mal spazieren gewesen, um unsere neuen Nachbarn kennen zu lernen. Das hatte ich jedenfalls dem Friedhofsgärtner gesagt. Das Grab vom *Eisernen Gustav* hat er uns daraufhin gezeigt. Ick gloob mit solch revolutionären Nachbarn, da liegen wa richtig!

Heute beginnt wirklich was Neues!

Der Vertrag für mein Fernstudium ist unterzeichnet. Freu mich so!

Ich lese in der Ausgabe vom Deutschen Roten Kreuz: **Definitionen**, *wann ist man arm?*
Wer als arm angesehen wird und wer als reich – das hängt von der Gesellschaft ab, in der er lebt. ..

2005 lag danach die Armutsgrenze in Deutschland bei 938,- Euro.

In anderen Definitionen von Armut wird betont, dass nicht nur das Einkommen eine Rolle spielt. Beim Lebenslage-Konzept etwa, wird Armut mit einer Unterversorgung in verschiedenen Bereichen des Lebens verbunden, zum Beispiel beim Wohnen, bei der Gesundheit, Arbeit und Bildung.

Eines ist fast allen Definitionen gemeinsam: Wer arm ist, hat weniger Chancen, sich in einer Gesellschaft zu verwirklichen..."

Habe mir auf MDR einen alten schönen Film angesehen. Romy Schneider und Alain Delon in den Hauptrollen. Als Liebespaar in einer großen Villa mit Pool irgendwo in Frankreich. Hab sie vergöttert. Ihr Aussehen und ihre Art waren doch mehr als charmant. Am besten gefiel mir ihre Stimme. Sie klang so besonders.

Meine Omi hat heute zum ersten Mal gesagt, dass sie wohl auch bald „drankommt".
Wie soll ich das überstehen?

du hast uns Geschichten erzählt, vom Hamstern und von Fliegeralarm und wie ihr euch selber Knickeier gemacht habt. Eine andere Geschichte war die mit dem Hut von Opa und dem dicken Bauern, der dir dafür etwas Schinken geben sollte. Dem hattest du den Hut übergestülpt und über sein verdutztes Gesicht hattet ihr euch beinahe in die Hosen gepinkelt vor Lachen. Dann war da noch die Geschichte mit dem geklauten Zement, Rauch in der Stube vom Kachelofen, Mariechen die Lachtaube, und von Deiner Mutter Hanni, die nie über ihre Eltern sprach.

Omi, ich werd dich vermissen.

Jakob hab ich zum ersten Mal für zwei Tage Sandmännchen Verbot gegeben. Er war sehr wütend und traurig und hat geweint. Ich habe ihm die Tränen getrocknet und ihm das Näschen geputzt, und ihm erklärt, dass zwei Tage bald vorüber sind.

Er darf mir oder anderen nicht wehtun.

Sein Ohrenziehen war schmerzhaft, auch gefährlich. Jakob muss seine Grenzen kennen.

Mir wird klar, wie abhängig unsere Kinder vom Fernseher sind: Sandmann, Sesamstraße, Willi will´s wissen, Löwenzahn, Little Amadeus, Pipi Langstrumpf, Jim Knopf, Lucky Luke, Wicky... und im Nu ist eine Liste voll, mit Sendungen eines kleinen Kindes. Unglaublich aber war, dass mein Sohn bereits eine halbe Stunde pro Tag fernsieht. Das ist zu viel. Ich werde ihn vor die Wahl stellen, sich für eine einzige Sendung über fünfzehn Minuten zu entscheiden.

1 Euro-Job

Ich habe vom Jobcenter eine Aufforderung bekommen, einen so genannten Ein-Euro-Job anzunehmen. Dazu haben sie einen Träger in Berlin-Mitte beauftragt. Der Träger ist eine Firma in einer Fabriketage am Hackeschen Markt. Sie wirken kompetent. Bekomme eine MAE-Maßnahme als 1,- Euro-Job bei einem Gesundheits-Zentrum in Zehlendorf. Ich stelle mich vor und begreife, dass sie eine Putzfrau suchen. Ich bin qualifiziert als Hotelfachfrau, Versicherungsfachfrau, Sales Managerin, habe über zwanzig Jahre Berufserfahrung.

Ich bin überqualifiziert. Qualifiziert genug, um Toiletten zu putzen, täglich acht Toiletten.

Überqualifiziert? Bandscheibenvorfälle? Das alles interessiert keinen, Hauptsache sie sind beschäftigt. Das sie auch noch ihren Haushalt und alles rund um ihr Kind ganz alleine erledigen müssen, das ist ihre Sache. Es war doch ihre Entscheidung ein Kind haben zu wollen. Sie hätten ja weiterhin ihre Karrieretreppchen erklimmen können: Geschäftsreisen, Geschäftsessen, gute Gespräche, interessante Menschen, sich weiterbilden. Sie wollten doch das Kind, oder?

Das sie vorher rund zwanzig Jahre lang Steuern gezahlt haben, das interessiert Keinen.

Für das letzte Jahr kriegt das Finanzamt noch fünftausend Euro von ihnen, und das Darlehen, das keins war, steht ja auch noch aus.

Wir empfehlen einen Offenbarungseid.

Dann lässt man sie in Ruhe. Sie kriegen sozusagen eine neue Identität. Ihre alte ist für immer vorbei.

Sie müssen ihre Bankkonten und alles was sie besitzen offenlegen, also zeigen, dass sie nichts besitzen. Ein neues Bankkonto kriegen sie nur ohne Dispo und auf Guthabenbasis...

Welche Wahl habe ich?

Keine.

Ich halte durch. Putze täglich meine acht Toiletten und in sechs Stunden über zweihundert Quadratmeter. Zweitausend Quadratmeter Garten gehören dazu.

Die Chefetage braucht Unterstützung. Ich schreibe Werbetexte, entwerfe Mailings und Flyer, Werbeanzeigen und Geschäftsbriefe. Jeweils ein bis zwei Stunden am Tag.

Die restliche Zeit muss ich wieder mit Staubsauger und Gummihandschuhen verbringen.

Die Kollegen sind nett. Der Koch auch. Jaques kommt aus der Karibik, ein groß gewachsener Franzose mit charmantem Akzent.

Ich bekomme Husten. Ignoriere ihn erst, bis es so schlimm wird, dass ich mich nicht mehr unterhalten kann. Habe das Gefühl, mich übergeben zu müssen.

Ich habe abwechselnd beim Träger jeweils eine Woche Schulungen. Es wird anspruchsvoll und schonungslos von der Ausweglosigkeit des deutschen Arbeitsmarktes erzählt.

Dafür wird Propaganda gemacht, sich doch bitte in anderen Ländern nach Arbeit umzuschauen oder sich selbständig zu machen. Vielen Dank, Beides habe ich hinter mir.

Ich bin krankgeschrieben, leider länger als vierzehn Tage, was zur Folge hat, dass ich automatisch aus der Ein-Euro-MAE-Maßnahme, herausfalle.

Die letzten hinzuverdienten 158,- € pfändet die Bank mit der Begründung:

„Es ist nicht erkennbar, dass es sich hier um Sozialleistungen handelt!"

Als ich nicht mehr durchschlafen kann, nehme ich das Angebot einer Reise an die Ostsee an.

Vorher feiern wir noch meinen Geburtstag.

Jaques kommt ebenfalls, zu meiner freudigen Überraschung. Alle anderen Gäste sind bereits gegangen. Er bringt mir zauberhafte Blumen und eine hausgemachte Pizza.

Es kommt wie es kommen muss. Mit einem Kuss, der Guinnessbuch-verdächtig ist, öffnet er die Tür zu meinem Herzen.

Ich bin verliebt!

Meeresbriese

Endlich, nach all den Stunden liege ich in meinem Bett. Es sind weit über zwanzig Grad, schwitze. Jakob schläft „auf dem Boden" neben mir wie ein Murmeltier. Wir wohnen im Gästezimmer bei Frau Sehfeld. Ich darf sie Ingrid nennen.

Die Fahrt mit dem Bus war anstrengend, sieben Stunden. Jakob war ganz tapfer, hat nicht einmal gejammert. Er schläft rotbäckig und tief. Zwei Stunden am Meer in dieser wunderbaren Luft haben ihm schon gutgetan. Seinen Roller konnte er mitbringen.

Die ganze Fahrt und letzte Nacht musste ich so an Jaques denken. Mon amour, geht mir nicht mehr aus dem Sinn.

Jakob liegt in seiner Matratzenkuschelecke und schlummert tief und fest. Der Strandtag hat uns gutgetan. Die Meeresluft, der Blick auf den Horizont.
Jakob sagt, Oma Ilse sei die beste Oma für ihn. „Ja, für dich ist sie nicht die beste Mama, aber für mich ist sie die beste Oma."

Endlich ahne ich, um was es geht. Ich habe gemerkt, dass ich mehr Rückzug brauche.
Stille.
Allein sein tut gut.
Nachts bin ich endlich allein.

Will ich Jakob für all das verantwortlich machen? Es ist als würde ich nur meine Pflicht erledigen, ihn versorgen. Was ist los mit mir und meinem Kind? Ich spüre ihn nicht. Warum? Weil ich nicht wissen will wie es ihm geht? Warum will ich nicht wissen wie es ihm geht? Weil ich dann spüre wie schlecht es Jakob wirklich geht. Warum geht es ihm nicht gut? Weil ich dich nicht liebhaben kann. Warum kann ich dich nicht liebhaben? Weil ich dir nicht sagen kann, dass dein Vater nicht wollte, dass wir ein Baby bekommen? Weil ich Schuldgefühle habe, weil ich dich trotzdem auf die Welt bringen und dich bei mir haben wollte? Weil ich dir die ganze Schuld gebe, für meine berufliche Situation, für meine finanzielle Situation, den vielen Schulden? Was, in Gottes Namen, kann dieses Kind dafür?

Die Ostsee war heute stürmisch. Wir haben trotzdem gebadet. Jakob mit Schwimmflügeln und Reifen. Ein kleines rotes Boot habe ich ihm heute gekauft. Er ist so brav. Seine Freunde vermisst er. Haben heute zwölf Postkarten abgeschickt und vom täglichen Zitroneneis berichtet.

„Mama, denk dran: Immer nur an den nächsten Besenstrich denken, dann schafft man die Straße!" Momo ist eins seiner Lieblingsbücher.
„Mama, du bist wirklich eine sehr nette Mama. Alle Kinder sollten dich haben. Es ist wirklich sehr

schön mit dir zu leben. Ich könnte mein ganzes Leben mit dir zusammenleben."

Das tut so gut.

Morgen kommen Ma&Pa endlich an. Wir freuen uns. Hab eine Flasche Rosé, Nüsse und ein paar Äpfel eingekauft, die wir ihnen zur Begrüßung aufs Zimmer stellen.

Einen Strauß werden wir noch auf den Wiesen pflücken.

Der Tag ist schwül. Atme ganz tief für meine Bronchitis. Es hat geregnet und gewittert.

Jakob lief splitternackt in den Regen und juchzte vor Freude. So gelöst habe ich ihn lange nicht erlebt.

Ma&Pa müssten langsam in Großenbrode eingetroffen sein.

Ich habe begriffen, dass ich mir mein Kind so sehr gewünscht hatte und dass der Vater nur der Gärtner war.

August 2006 Großenbrode

Der Schäferhund bellt. Es ist früh am Morgen. Die Kühe sind schon zu hören. Ein paar Fliegen umkreisen mich. Jakob schläft noch.

Gestern waren wir mit Ma & Pa in Travemünde, hatten einen wirklich schönen Tag: Sonnenschein und warmer Wind, Hafenatmosphäre eines kleinen Yachthafens. Es gibt Backkartoffeln mit Schmant und Wildlachs, Eis und Cappuccino. Luxus!

Jakob und Pa haben eine Flaschenpost gefunden, in einer ollen Sinalco-Pulle, und sie wieder mit neuer Post in die Ferne geschickt.

Diese wunderbaren, kreativen Ideen habe ich mit Ma & Pa als Kind auch sehr genossen.

Sie sind schon ein besonderes Pärchen.

Urlaub machen bedeutet, sich ein anderes Lebensmodell anzusehen.

Tief in Gedanken

Ich lese. Süddeutsche Zeitung / Jorge Semprun:
„Was für ein schöner Sonntag. Auch in Buchenwald flohen die Russen im Frühling. Eigentlich flohen sie nicht einmal: sie verdufteten. Sie hörten plötzlich auf, mit dem Spaten oder der Hacke zu hantieren. Sie richteten sich auf. Vielleicht hatte ein lauer, nach allen Säften des Frühlings duftender Wind das nahe Laub rascheln lassen. Vielleicht hatte man Vögel zwitschern hören. In Buchenwald, immerhin umgeben von der dunklen und stolzen Masse eines üppigen Buchenwaldes, hörte man niemals Vogelgesang. Man sah niemals Vögel. Es gab keine Vögel auf dem Ettersberg.
Vielleicht ertrugen die Vögel nicht den Gestank verbrannten Fleisches, der in dichten Rauchwolken aus dem Krematorium über die Landschaft gespien wurde. Vielleicht ertrugen sie nicht das Gebell der Wolfshunde der SS-Abteilungen.“
Ich kann dieses Thema nur schwer ertragen. Kriege sofort Magendruck.

Wie kann es nur möglich sein, dass das die Realität in „unserem Land" war?

Wie ist es nur möglich, dass die Menschen, die es selbst miterlebt haben, nicht darüber reden? Können sie den „vollzogenen" Völkermord aus ihrem Bewusstsein ausklammern?

Wo lebe ich? Mit welchen Menschen umgebe ich mich?

Es ist wunderbar mit Jaques. Und doch gibt es etwas, das mein Herz nicht glücklich sein lässt.

Ich habe das Gefühl, dass Jaques noch immer keinen Platz in seinem Herzen hat. Er spricht von Anna noch immer als „seiner Frau".

Für ihn lebt sie noch. Ich möchte gern wissen, ob ich eine Chance habe, will aber nichts kaputtmachen.

Eigentlich wollte ich heute mit Jaques über uns reden. Er hatte einen guten Bordeaux mitgebracht, den wir genossen haben. Vollmundig, sanft und tiefgründig, so wie sein Kuss. Wir haben uns geliebt und anschließend Fotoalben angeschaut. Meine

Güte, meine Falten gehen hoffentlich bald wieder weg. Unser Verhältnis habe ich doch noch zur Sprache gebracht, er konnte nichts sagen.

Gar nichts. Er hat sich in die Freiheit geküsst und ist gegangen. Und ich wollte einfach nur mal wissen, was er fühlt.

Wessen Realität lebe ich?

Will mich meinem Leben stellen.

Die Tannen schweigen, groß und dunkel und nass.

Jakob malt aus: Bob der Baumeister.

Ich will, dass du lebst! Ich will, dass du lebst, Jakob Meyer. Mein Kind. Das ist die Kluft, die zwischen uns ist. Meine Therapeutin hat wochenlang danach gesucht, wir haben gemeinsam gesucht, und haben es nicht ausfindig machen können. Nun ist es raus ICH WILL DASS DU LEBST!!!

Ich kriege mich gar nicht mehr ein, bin so dankbar, dass es endlich raus ist, schluchze wie ein Kind. Das Geheimnis, das Verbotene, das Unmoralische, das Unmenschliche, das Lieblose, das Verneinende, das ungewollte Kind deines Vaters. Ich habe diese Entscheidung alleine ausgetragen, und das hat mich bis heute verfolgt. Ich habe keine Ruhe, keine wahre Liebe mehr empfinden können, obwohl ich dich so sehr und um jeden Preis wollte und will. Alles habe ich getan, um es dir gut gehen zu lassen, wie eine Löwin gekämpft. Bin selbst oft verwundet worden. Der Knoten ist nun geplatzt. Ich kann endlich tief durchatmen. Bin so dankbar, dass es dich gibt. Meine Entscheidung war richtig.

Jetzt ist es gut.

Auf Lanzarote habe ich mal den Satz gelesen:

„Wenn du vorankommen willst, musst du dich erstmal umdrehen."

Heute haben wir uns zum ersten Mal nach langer Zeit nicht gesprochen oder gesehen.

Jaques, ich vermisse dich.

Die miese Laune kommt wohl wegen meiner Tage. Habe gelesen, dass Frauen, die ihre Tage haben, aggressiver sein sollen als sonst.

Sitze über den Insolvenzunterlagen. Habe Ordner angelegt. Es geht weiter. Ich will nicht das Opfer meiner Umstände sein, sondern Geld verdienen. Höre „modern music" auf Klassik Radio.

Leb wohl

Roberta zieht im November nach Kiel. Sie hat bereits eine Wohnung und scheint es sich gut überlegt zu haben.

Ich bin überrascht. Wir werden sie sehr vermissen.

Jakob und Roberta sind bei „Pole Poppenspäler", genau das Richtige für sie.

Genieße im Garten die letzte Spätsommersonne. Von Frau Schröder gibt es frischen Pflaumenkuchen. Vor dem Haus Polizei, wegen Streit im Nachbarhaus. Habe gar nicht mitbekommen, dass sich einer von denen zu Tode gesoffen hat. Man glaubt kaum, wie viele Alkoholiker es gibt. Auch die Reichen sind es.

Roberta fehlt mir schon jetzt, darf gar nicht daran denken, wie es erst wird, wenn sie in Holstein wohnt. Hoffentlich wird es ihr gut gehen.

Jakob wird sie auch vermissen, die Nachmittagsstunden im „Märchenwald" und am „Strand", wo sie immer auf dem Stein gesessen hat, und Jakob hat geangelt. Sie hat Jakob so viel beigebracht. Lieder. Gedichte. Blumen- und Baum- und Vogelarten. Zwar war sie oftmals streng und mit eiserner Disziplin, aber sie war auch liebevoll. Lustig sowieso.

Ich muss loslassen.

Irgendwie glaubt man immer, dass es so weiter geht. Erst wenn etwas nicht mehr da ist, wird einem klar, was man da eigentlich hatte. Oftmals verabschiede ich mich von einem Menschen und bin mir nicht bewusst, dass ich ihn vielleicht niemals mehr wiedersehe. Weggenossen.

Habe so lange genossen, bis er weg ist.

Wo gehöre ich hin?

Einen Brummschädel hab ich. Habe heute fünfzehn Stunden am Schreibtisch verbracht. Insolvenz- termin ist Morgen. Will mich von allem befreien.

In Deutschland wird über die Armutsgesellschaft öffentlich diskutiert. Ich spüre, mit meinem Schicksal nicht allein zu sein. Eigentlich gibt es nur noch zwei Gesichter: Entweder du hast es geschafft oder du gehörst einfach nicht mehr dazu. Selbst in den Klamotten von damals sieht man mir die Entwicklung an. du gehörst ab jetzt zum Proletariat, zur „Arbeiterklasse". Wenn es nur Arbeit gäbe! Vielleicht gibt es sogar noch welche, aber die müssen immer weniger Leute unter immer mehr Druck schaffen. Oder eben nicht, dann kommen sie früher oder später auch ins Boot. Moin, moin.

Ich glaube, mich versteht kaum Jemand. Das Arbeitslosengeld wird mir seit zwei Jahren gezahlt. Es reicht. Meine Fähigkeiten verkümmern. Ich will endlich gefordert werden. Ich will integriert sein, anerkannt, aufgenommen!

In acht Tagen geht's los. Mutter-Kind-Kur.
Wir freuen uns auf Fehmarn.

Morgen Früh ab sechs drehen sie in der Straße. Alle müssen ihre Autos um die Ecke parken. Am Liebsten würde ich mitmachen. Vor der Kamera, Spaß haben, Geld verdienen und begeistern. Ein Traum.

Zeit für Heilung

Wir sitzen in Fahrtrichtung. Das Wetter hat sich etwas abgekühlt, wie es sich für einen November gehört. Schneesturm zum Empfang, wir sind da.

Mein Spiegelbild ist mir fremd. Wo ist meine Schönheit? Macht sie gerade Urlaub von mir? Kann ich irgendwie bei mir bleiben? Das scheint wohl eine zentrale Frage zu sein. Seit den Tagen, in denen ich hier bin, trage ich Omas Liebestöter und finde es normal. Bin ich noch bei Sinnen?
Ich stopfe alles blind in mich hinein.
Angst vor Verlust. Meine Konsequenz mit dem Qi-Gong-Morgenritual ist dahin, so als hätte ich es nie getan. Ich beobachte mich und Jakob. Versuche die Zeit anzuhalten, damit ein neues Leben mit uns beginnen kann.
Meine Dauerwelle und der selbst geschnittene Pony sehen momentan auch nicht so vorteilhaft aus. Jaques würde sagen, wenn ich mit dem was ich jetzt habe und bin nicht zufrieden bin, wie kann ich es jemals sein?
Vielleicht hat er Recht.

Die Zeit mit Jakob genieße ich. Gestern haben wir eine Schneeballschlacht gemacht. Heute eine lange Wanderung zum Deich bei strahlend blauem Himmel, entlang einem Bach, vorbei an Schafen, Pferden und aufgetürmten Kohlrüben. Atme weiche Meeresluft.

Waren drei Stunden in der Stadt, Burg. Der Hofbus hat uns mitgenommen, wie zwei weitere Mütter mit Kindern. Wir waren einkaufen. Dreiundzwanzig Euro hatte ich dabei. Fünfzehn hab ich noch abheben können. Jakob tat mir leid.

Er wollte so gern einen Kompass haben. Er sollte vierundzwanzig Euro kosten. Das überstieg leider meinen Etat. Und er konnte nicht anders, als die Tränen laufen lassen und so bitterlich zu weinen, dass man ihn im ganzen Laden hörte:

„Warum hast du immer kein Geld, immer kein Geld? Andere können das kaufen, nur du immer nicht." Miete, Strom, Telefon und Kindergarten sind bezahlt. Offen sind noch die Rechnungen der Autoversicherung, der Studiengebühr und eine letzte Rate für Klamotten. Sie werden mich wohl alle wieder mahnen und dafür Gebühren draufschlagen. Ich bin etwas gelassener seitdem ich alles in den Händen meiner Insolvenzberaterin habe.

Zum Trost waren wir in einem Café. Es gab Blaubeereierkuchen mit Sahne und Vanilleeis.

Vom Meer weht ein weicher Wind.
Die Bäume rauschen.

Warum erkenne ich nur so oft die Situation des anderen, und bin in meiner eigenen blind und gefangen?

Scheiß drauf, Hartz IV. Ich will akzeptiert werden in der Gesellschaft, brauche auch Anerkennung, wie jeder. Habe auch bereits zwanzig Jahre meines Lebens Steuern gezahlt, bevor ich in diese Situation kam. Ich darf im Leben Fehler machen. Lebe um zu lernen, nicht um perfekt zu sein.

Ich darf mir verzeihen. Trotz Wut.

Das Wichtigste ist die Liebe. Lieben bedeutet sich Zeit zu nehmen, hinzuhören. dir in die Augen zu sehen, dein Haar zu streicheln, an Deinem Bett zu sitzen, auch wenn du schon schläfst.

dich an meiner Seite würdigen.

Für die Zeit, die wir zusammen haben, gibt es keine zweite Chance. Bald ist sie für immer vorbei.

Werden unsere Kinder vielleicht auch deshalb geboren, um uns den Weg zu zeigen, den wir irgendwann verloren haben?

Heute waren wir am Meer. Sind mit Corinnas VW-Bus gefahren, vier Frauen und fünf Kinder, war echt lustig. Der Leuchtturm erschien uns riesig. Leider war die Tür zu. Winterpause. Wir wanderten am Meer entlang, vier Kilometer bei starkem Wind. Besonders für die Kinder eine tolle Leistung. Den Schnupfen hat die Meeresbrise weggeblasen. Mit roten Wangen kehrten wir heim zum Abendbrot.

Jakob geht mit Viktor „Harry Potter" spielen. Sie verstehen sich gut, obwohl Viktor als Autist oft nicht so einfach ist.

Seine Schwester ist zwar etwas jünger, steht ihm aber in nichts nach. Trixi ist wie ein Floh.

Mit Viktors Mama, versteh´ ich mich auch richtig gut. Corinna arbeitet bei einer Versicherung im Schwobenländle. Pferde liebt sie genauso wie ich.

Ein echter Kumpel. Hoffe, dass wir den Kontakt halten können.

Im Wellenbad am Südstrand, waren diesmal zu siebend. Verstehen uns prima, selbst die Kinder vertragen sich. Tauschen Keks gegen Bonbon, geben sich gegenseitig was ab.
„Hier mein Bodyboard!"
„Dann nimm solange meinen Reifen!"
Man hat sich gefunden.

Im Sonderangebot gab´s Winterstiefel für 9,90 €, habe sie gekauft. Früher hätte ich im KaDeWe locker zwanzigmal so viel dafür ausgegeben. Habe früher fast alles dort gekauft, sogar einen Kronleuchter.

Danke Mama

Wir sind wieder zu Hause. Die Kur hat uns gutgetan.

Mit Jaques ist die körperliche Anziehung nach wie vor da, aber was erwarte ich noch?

Die Mitternachtsglocken läuten. Habe mit Roberta telefoniert. Sie ist gut in ihrer neuen Heimat angekommen. Sie wird uns fehlen, nicht nur an Montagabenden. Ich war heute bei meiner Hausärztin. Sie hat mich empfangen, um mit mir die Kur-Resultate zu besprechen. Im Kurbericht steht recht Positives drin. Was mich aber getroffen hat, war ein Nebensatz am Ende: „Psychotherapeutische Behandlung ist weiterhin anzuraten, um die Ursachen, die zum sozialen und finanziellen Abstieg führten, zu klären."
Der Abstieg war's in dieser Deutlichkeit.
Hat Deutsch etwas mit deutlich zu tun?

Ich war mit Mama auf der Domäne Dahlem zum Weihnachtsmarkt. War richtig schön. Mit Zimtsternen, Glühwein und Waffeln mit Puderzucker.
Jakob war in der Zeit mit seinem Opa im Aquarium. Sogar Krokodile gab's da. Dann direkt zum Weihnachtsmarkt gegenüber, an der

Gedächtniskirche. Gleich zweimal hat Pa ihm Zuckerwatte spendiert. Bin dort früher immer so gern in den „Dritte Welt Laden" gegangen.

Es war schön, Mama. Danke.

Heilige Hallen

Endlich habe ich die Kraft gefunden, mich mal per Initiativbewerbung zu bewerben. Habe mir meinen alten Lehrbetrieb vorgenommen:

Das Bristol Hotel Kempinski Berlin.

Die Telefonnummer des Personalbüros habe ich vor mir zu liegen. Nach fast einer Stunde des Zögerns überwinde ich mich nun doch.

„Herrn Rosenthal, bitte!"

„Haben Sie einen Termin?"

„Nein, ich möchte einen Termin mit Herrn Rosenthal vereinbaren."

„Er ist heute beschäftigt, aber worum geht es?" Und so kam es, dass die freundliche Assistentin mir empfahl, am selben Nachmittag meine Unterlagen abzugeben. Ich sollte sie über die Rezeption rufen lassen. Auf der Fahrt dahin, sah ich noch gut aus. Gestylt bis in die Haarspitzen, fühlte ich mich wie eine Siegerin.

Das Gefühl wieder in den „Heiligen Hallen" des Kempi zu wandeln war vertraut, obgleich zwanzig Jahre vergangen waren. Die Teppiche, der blanke Boden, Blumenarrangements, das kaum wahrnehmbare Surren der Klimaanlage, weibliche Pagen in roter Uniform. Eine prominente Schlagersängerin kam durch das Portal, in rotkariertem Schlabberlook, passt zu ihr.

Die Assistentin kam, strahlte mich an, ich zurück. Händedruck. An diesem Nachmittag versprühte ich Charisma, wie lange nicht. Glückshormone. Auf den Lippen hatte ich einen zarten Gloss aufgetragen, meine Haare hochgesteckt, dunkles Kostüm. Darüber den dunkelblauen Cashmere-Mantel. Ich erzählte von der guten alten Zeit, den netten Kollegen von damals, und heute und noch immer, bis nach Australien und Kalifornien und so weiter.

Aber ich verschwieg, dass Norbert, der damals als Barkeeper hier tätig, angeblich aufgrund seiner modernen Gürtelschnalle, die er provokativ immer wieder trug, gegangen wurde, inzwischen der Vater meines Kindes war.

Ich gab ihr zu verstehen, dass mir klar ist, dass ich eine Hotel-untypische Karriere hinter mir habe und ich jetzt um eine Chance bitte. Sie war angetan. „Sie hören von uns, in dieser Woche!" Heute ist Freitag.

Trotzdem, die Begegnung im Hotel der Spitzenklasse hat mir gutgetan. Fühle mich geheilt. Von was, weiß ich nicht. Vielleicht dachte ich, dass meine Lehrzeit in diesem Hotel nur ein Traum war. Die Realität hat mich eingeholt.

Wem tut es leid?

Vollmond.

Meine empfindlichste Stelle tut mir so sehr weh. Er hat mich vorgestern von hinten genommen. Ich habe Jaques herausgefordert, wollte noch eine zweite Runde. Er hat seinen Turbo eingeschaltet und anscheinend ist da bei mir was kaputtgegangen. Gehe morgen zu meiner Ärztin. Er hat sich seitdem nicht gemeldet.

Bei der heutigen Therapiestunde hab ich geweint, gleich zu Anfang brach es aus mir heraus.
Mit Jaques ist es zu Ende.
Der letzte Freitag hat mir den Rest gegeben. Ich hätte STOP sagen müssen. Es war doch keine Absicht von ihm. Aber meine Seele zittert bis auf den Grund. Mein inneres Kind, es tut mir leid. Ich will besser auf mich aufpassen. Alles was hinter mir liegt ist vorbei.

Der Unterhaltsvorschuß vom Jugendamt ist da. Drei Tage vor Weihnachten. Das ist gut. Ich weine. Danke.

Der Weihnachtsmann lebt!

Die Weihnachtsplatte von Opa Willi läuft. Habe mein Laptop an, Postleitzahlensuche. Weihnachtskarten müssen raus. Nachmittags ist es schon ziemlich dunkel. Sind zum Waldfest, Einladung von „Globetrotter". Es gibt Stockbrot am Lagerfeuer.

Nachtwanderung um 17 Uhr.

Die Äste knacken unter unseren Schritten. Man sieht nichts mehr. Jakobs Händchen sind warm. Vor und hinter uns sind dutzende Kinder mit ihren Familien. Keiner weiß so recht, wo es langgeht. Und dann sehen die Vordersten irgendetwas und rufen, doch schnell, schnell zu kommen.

Unglaublich.

Mitten im Wald sitzt da mit weißem, langem Bart, rotem Mantel, und roter Mütze, der durchgefrorene Weihnachtsmann, umgeben von prallgefüllten Säcken!

Er kann richtig sprechen, und hört sich wirklich so an, wie man ihn sich immer vorstellt. Man glaubt ja immer es wäre eine Erfindung, aber es gibt ihn wirklich! Wir haben ihn leibhaftig gesehen.

Das mussten wir alle erstmal verkraften.

Als der Weihnachtsmann mit uns allen dann schließlich am Lagerfeuer saß, packte er seine Säcke endlich aus. Funktionierende Taschenlampen und Lebkuchen hat er verteilt und Nikoläuse aus Schokolade.

Von da an funkelten viele Lichter durch den Abend. Es war schon besonders.

Es sind besondere Tage. Bezogene Betten, entrümpelte Ecken, gebastelte Karten. Der Kühlschrank hütet das Geheimnis der Plätzchen. Teppiche, Gardinen wollen jetzt auch Beachtung, sowie Spiegel, Fenster und Türen. Bankautomaten laufen sich heiß. Alles zerrt am Geldbeutel, wenn ich doch nur einen hätte.

Ein unter Einsatz des Lebens erkämpfter Parkplatz. In Supermärkten wuselt es. Wunschzettel füllen sich, es wird flüsternder. Papier und Schleifen rascheln, Mittagsschlaf wird vertagt. Bügelwäsche, Holzpolitur, Computer auf Standby, Opas LP dudelt nun zum Mitsingen. Der Baum funkelt im Lichterglanz. Es sind schon besondere Tage. Weihnachtsgrüße flattern ins Haus. Die Kinder fragen, singen Lieder, wir nehmen in den Arm, sagen uns Wahrheiten des Herzens.

Es sind schon besondere Tage. Weihnachten ist vorbei. Mein Leben hat mich wieder.

Zukunft beginnt

Ich hatte einen Vorstellungstermin bei der Versicherung. Sie wollen mich nehmen, weil ich alle Qualifikationen habe, die es für eine Agenturarbeit braucht! Ich muss nur mein Wissen dem aktuellen Stand anpassen. Mitte Januar soll es schon losgehen, mit Dienstwagen und Festgehalt! Kann es noch nicht fassen.

Hab es mir durchgerechnet. Für meine Abendtermine brauchen wir einen Babysitter. Weil ich über 1500,- € Netto verdiene, kann ich den Babysitter bezahlen. Das dürfte zu schaffen sein.

Freu mich so.

Grit rief mich aus Lanzarote an, fragte wann ich meine Koffer abholen will? Sie hat Recht. Es sind schon fast zwei Jahre vergangen. Mensch, was hab ich seitdem gemacht?

Ich hab Marianne angerufen und sie gefragt ob wir bei ihr in der Finca wohnen können. Sie hat zugestimmt und freut sich auf uns.

Oma hat mir das Geld für unsere Last-Minute-Tickets ausgelegt. Muss ihr das nach und nach wiedergeben. Bald verdiene ich ja richtig! Werden Spagetti-Packungen mitnehmen und hoffen, dass es trotzdem schön wird.

Um 4:30 Uhr geht Morgen unser Wecker.
Wir fliegen nach Lanzarote.

Angekommen. Das Meer glitzert im Mondenschein. Die Küchengardine bewegt ein zartes Lüftchen. Jakob ruft noch, er will etwas trinken und meine Hand halten. Jeden Abend dieselben Gewohnheiten, egal wo wir gerade sind.
Wie dieser volle Mond sich im Meer spiegelt, es sieht nach Ewigkeit aus. Es war schon immer so, und wird immer sein.

Vorgestern sind wir angekommen. Haben es wirklich gut bei Marianne und Scott. Katharina und Grit habe ich erreicht. Ich werde sie noch vor dem Wochenende treffen. Die gestrige Fahrt in die Berge, wie Jakob sie nennt, war vertraut und voller Erinnerungen.

Für mich ist Lanzarote noch immer Heimat, eine andere als damals.

Der Tag war schön. Marianne hat uns in eine zauberhafte Gegend geführt. Erst ging es mit dem Corsa einen alten Pfad, serpentinenartig in die Berge. Den Wagen parkten wir in einer Senke am Rande des Campo, an den ein ausgetrocknetes Flussbett mündete. 17°C, Wolken und Wind begleiteten uns.

Wir sind zwischen Haria und Marguez.

Erst geht es leicht, dann immer steiler bergauf, vorbei an seltenem Blütenzauber. Der kleinste Fingernagel scheint größer als die winzigen Kelche, in violett, pink, gelb und weiß. Fenchelblüten erinnern an Bonbons. Steine von Flechten bewohnt, in orange und lindgrün. Riesenhafte Kakteen, Gräser hoch wie Farn. Dornengeflecht mit kleinsten Blüten in rosa und weiß, Gestrüpp, alte Palmen.

Steine. Felsen. Staub. Sonne, Wind und Wolken im Wechsel. Zwiebel aus, Zwiebel an. Hut auf, Hut ab und auf und wieder ab. Jakob und Scott wechseln sich mit der Position des Wegchefs ebenso ständig unbeständig ab. Das Flussbett verläuft merkwürdigerweise nach oben hin immer breiter, bis wir an einen kleinen Pinienhain kommen. Ein Picknick zur Stärkung bestehend aus Apfel, Knäckebrot und Wasser gönnten wir uns auf halbem Weg und dann auf dem Teppich der langen Piniennadeln.

Der Blick hinunter in die Weite des Tals bis hin zur tiefblauen Küste mit ihren Schaumkonen überbrückt sechs bis acht Kilometer und entlohnt die Anstrengung.

Die Kinder spielen in Baumhöhlen.

Der Abstieg ist angenehm, mein Sammlerherz erfreut sich an einem Blumensträußchen für unser Apartment. Wieder im Auto angekommen, Erleichterung, sitzen. Ein Blick in den Spiegel. Verwischte Wimperntusche, zerzaustes Haar, Glück im Auge.

Die Kerze flackert im eigenen Gold. Die Kanarischen Inseln sind auf dem Etikett der Weinflasche abgebildet. Lanzarote ist wirklich eine besondere. Aber wie kann ich das sagen? Die anderen sechs habe ich nie richtig kennengelernt. In den vergangenen elf Jahren hätte ich mir das mal vornehmen können. Wahrscheinlich aus Angst vor Untreue ist es so gekommen. du hast mich aufgenommen wie eine Mutter, hast mich das Leben spüren lassen, meine Werte über den Haufen geworfen, mich durchgekaut und wieder ausgespuckt. Mich liebevoll gestreichelt und meine Wunden gepustet. Zuckerbrot und Peitsche. Beim letzten Mal war es zu viel.

Ich wäre fast zugrunde gegangen. Nur diesmal hatte ich auch noch die Sorge und Verantwortung für mein Kind. Ich muss das Fenster schließen, mir ist kalt. Mein erstes Glas Rotwein war lecker. Nun beginnt diese Mondnacht mit dem zweiten und einer gerade geöffneten Tüte Frutas secas.

Am Flughafen verabschiedet mich Katharina, wie eine Freundin es nur vermag. Sie bringt mir Lavasteine und schwarzen Sand, Muscheln und eine Kerze, die auf dem Wasser schwimmen kann. Damit ich die Insel nie vergesse. Dann holt sie noch unterm Tisch eine Tüte hervor, voll mit Ablegern ihrer Kakteensammlung. Ich liebe sie wie eine Schwester. Pass auf dich auf.

Sind wieder zurück in Wannsee. Bin froh in meinem Bett zu liegen. Die Reise war ein Meilenstein.

Kann endlich loslassen.

Bin frei.

Freu mich auf den neuen Job, das neue Leben.

Brenne aufs Leben

Die Arbeit ist anstrengend gewesen. Wir hatten Schulungen am Vormittag. Kundenbetreuung am Abend. Alles ungewohnt.

Manche Kunden behandeln mich wie meistens Vertreter behandelt werden. Das tut ein bisschen weh. Muss lernen damit pragmatischer umzugehen. Habe zum Glück morgens und nachmittags Zeit für Jakob. Die Babysitterin kommt von 19.00-21.30 Uhr. Es klappt ganz gut. Jakob ist auch begeistert von ihr. Sie ist eben für ihn da, und er hat ihre gesamte Aufmerksamkeit.

Morgen ist zum Glück Wochenende. Die Kollegen, die keine Kinder haben, arbeiten dann auch.

Ich kann Lebensmodelle ausprobieren, wenn ich bereit bin, die Konsequenz zu tragen. Das ist meine Erfahrung. Ist das Leben denn nicht dafür geschaffen, sich Lebensmodelle anzuschauen, auszuprobieren und zu erleben, wie wandelbar der Mensch tatsächlich ist?

Die Verantwortung liegt bei mir. Kein anderer regelt. Brenne aufs Leben, nicht aufs Erdulden.

Der Erste. Es ist kaum zu glauben.

Endlich habe ich mehr Geld auf dem Konto als in den vergangenen drei Jahren.

Die Durststrecke war lang.

Sicher gibt es Menschen, die schon sehr viel länger mit wenig auskommen müssen.

Ich weiß jetzt, was es bedeutet, sparsam zu leben.

Demut.

Ich bin so dankbar, dass es bergauf geht. Ich werde Jakob heute eine Hose kaufen, und für mich ein neues Paar Schuhe.

Es ist noch etwas in mir, das noch keine Ruhe gibt.

Mein Herz klopft an.

Es ist die Sehnsucht, Sehnsucht nach echter Liebe.

Ich brauche den richtigen Mann.

Jakob fehlt ein Papa, einen auf den er sich verlassen kann.

Schnee. Morgen um zehn treffe ich mich mit Edgar Schrotz im Café. Er hat um einen Gesprächstermin gebeten.

Sind wir quitt? Vergebung ist notwendig, wendet die Not.

Ich will nicht, dass er sich irgendwelche Hoffnungen macht. Er soll mich endlich in Ruhe lassen. Meine Seele hat wirklich gelitten, Jakobs auch.

Was passiert mit der Finanzschuld? Ich traue dem Frieden nicht. Werde sehen, was mir meine Insolvenzberaterin empfiehlt. Auf sie kann ich mich noch verlassen.

Was ist wichtig? Musik? Liebe? Zeit? Gott?

Lasst mich in Ruhe. Nein – lasst mich nicht alleine. Ich brauche Halt, will meine Aufgabe als Frau, als Lebenspartnerin erfüllen. Ich will endlich einen Mann.

Auf Lanzarote hatte ich den Kampf meines Lebens. Ich hatte Sorgen, wusste nicht mehr wie ich noch Lebensmittel einholen konnte.

Es war schrecklich. Wenn du ein Eis haben wolltest, konnte ich dir keins kaufen. Nur selten konnte ich dir mal einen Wunsch erfüllen. Diese Zeit hat mich erschüttert. Diese Zeit nahm mir meinen Stolz und mein Ur-Vertrauen, das mich unbesiegbar durch alle Zeiten getragen hatte.

Mühsam, sehr mühsam, muss ich mir jeden Schritt zu mir selbst neu erarbeiten. Ich will die Liebe und den Glauben nicht verlieren, dass wir ein gutes Leben aus eigener Kraft leben können. Die ersten Schritte habe ich getan, ich bin nicht mehr abhängig vom Jobcenter.

Morgen habe ich meine vorletzte Therapiestunde. Der Frühling ist da. Kirschblüten erwachen. Hyazinthen verströmen ihren Duft.

Das erste gemähte Gras bleibt mir immer im Sinn.

Heute gab es Geld! Konnte Jakob sein ersehntes „Micky Mouse" Heft kaufen. Er gab mir im Laden einen Kuss.

Funken

Ich beginne endlich mein Kind zu spüren. Als sähe ich ihn zum ersten Mal. Mein Junge, wie geht es dir? Vielleicht habe ich all die Jahre versäumt dir etwas zu geben, das du dringend gebraucht hast? Einen Vater?

Therapieende. Ich fühle mich wie taub, zerpflückt, und doch klar. Handeln in eigener Verantwortung. Ich will einen Mittelweg, einen gangbaren Weg finden. Nicht mehr alles auf Biegen und Brechen, und trotzdem authentisch bleiben. Geht das?

Mit Omi habe ich über die Funken im Leben gesprochen, die eben nur selten funken.

Habe das Fengshui-Buch gelesen, muss unsere Wohnung dringend entrümpeln.

Auf dem Recyclinghof treffe ich eine alte Bekannte von „Vitessa". Wenn ich mich recht erinnere, betreut sie seit ewigen Zeiten eine anspruchsvolle Partnervermittlung.

„Ruf doch mal an, ich stehe in jedem Telefonbuch!"
Ich glaub nicht mehr an Zufälle. Nach ein paar
Tagen mach ich sie ausfindig.
„du, ich mach das nicht mehr. Mit den
Internetfirmen konnten wir nicht mithalten. Wenn
du einen Partner auf seriösem Wege finden willst,
dann empfehle ich dir eine Firma, die
wissenschaftlich fundiert und international
vernetzt ist. Parship!"
Bin ich schon so weit?
Habe mich für sechs Monate eingeloggt.

Ich muss bei der Senatskanzlei ein Stipendium für
mich beantragen. Vielleicht hab ich Glück, und der
richtige Mensch liest meine Texte.
Der neue Job macht Spaß. Endlich hab ich eine
richtige Festanstellung. Meine ersten Erfolge geben
mir Auftrieb. Wenn ich vom Kunden nach Hause
komme, schläft Jakob bereits. Dann setze ich mich
noch ein bisschen an den Schreibtisch. Es geht
aufwärts.

Bei der empfohlenen online-Partnervermittlung
gibt es tatsächlich Jemanden, der mich näher

interessiert. Wie schicken uns seit drei Wochen Mails. Eine Einzige pro Tag, wie spannend! Fiebere bereits auf seine Antworten.

Es ist fast nicht auszuhalten!

Jede seiner Mails schließt mit den Worten:

„Paß gut auf dich und dein Kind auf!"

Es klingt so wahrhaftig wie selten.

Silvesternacht habe ich mir geschworen:

„Das ist mein Jahr!"

Vielleicht stimmt´s.

Der Gentleman schreibt mir täglich in seiner Mittagspause. Schmetterlinge flattern. Ich glaub ich hab mich verliebt.

Habe zwanzig Seiten meines ersten Manuskripts bei der Senatskanzlei eingereicht. Hoffe dass mein Stipendium bewilligt wird.

Ich lege den Hörer auf und bleibe stumm.

Traue mich kaum zu atmen.

Plötzlich ist alles so ruhig.

Wir haben nach sechs Wochen Schriftverkehr, nun gerade eben zum ersten Mal telefoniert.

Was war das? Bin ich verrückt? Er kommt nach Berlin! Er kommt mich besuchen!

Fühle mich wie ein Teenager.

Ich weiß noch nicht mal Deinen Nachnamen, weder deine Telefonnummer noch deine Adresse.

Was der Mai alles macht

Die Sonne strahlt.

Höre Mozart.

Der beste Start für den heutigen Tag.

Er kommt! Ankunft 14:30 Uhr Flughafen Tegel.

„Wer einmal sich selbst gefunden hat, der kann nichts auf dieser Welt mehr verlieren."

Stefan Zweig

Danksagung

Wo beginnen, bei so vielen guten Geistern...

Danke an meinen Sohn, für deine Liebe, deine Klarheit, und dass du an mich glaubst. Danke an meinen Mann, du trägst mich mit Deiner Liebe durch alle Zeiten. Mit dir kann ich authentisch bleiben. Danke an meine Eltern, eure Weltoffenheit, und dass ihr immer an ein Happy End geglaubt habt. Dank an meine großartige Omi, ich vermisse dich. Danke an meine Brüder, die mir meine Ausflüge ins Leben verziehen haben. Dank gilt Freunden, die an meiner Seite sind und waren, hier im Besonderen: Beta-Renate, Verena, Michaela und Tanja. Es ist mir auch ein Bedürfnis, dass ich mich bei meinem, leider verstorbenen, ersten Verleger, Herrn Siegfried Heinrichs, vom Oberbaum Verlag Berlin, bedanke. Ohne Sie, würde ich heute, noch immer, für mich allein, im stillen Kämmerlein, schreiben. Sie haben etwas in mir erkannt und waren ein guter Lehrmeister. Und danke an seine Frau, Marina, die sowieso schuld an allem ist. Dank auch an das unterstützende Team von BoD, hier fühle ich mich gut aufgehoben, weil professionell betreut, und doch frei!

Martina

P.S. und natürlich möchte ich mich
bei meinem grandiosen Schutzengel bedanken!
Es tut mir leid, dass ich Dich so stark beschäftige xxx

185

Sollte es Ihnen ein Bedürfnis sein, mir eine
Rückmeldung zu diesem Buch zu geben, so bin ich
schon jetzt gespannt Ihre Zeilen zu lesen.
Bitte nehmen Sie es nicht persönlich, falls ich
nicht antworte.

wir-nennen-es-leben@web.de

Ihre Gedanken und Worte werden sehr wohl auf
einen Nährboden fallen.

Carpe Diem

„Habe das Buch nicht aus der Hand gelegt und an einem Nachmittag durchgelesen. Wie ein Blitzlichtgewitter beleuchtet die Autorin einen Lebensabschnitt ihres Daseins, den so manch anderen Menschen an den Abgrund getrieben hätte. Mit prägnanten Sätzen, mal tiefschürfend brillant, mal alltäglich direkt, lässt sie den Leser teilhaben. Im Wechsel von beklemmend erschütternden und lebensfroh dankbaren Beschreibungen, führt sie den Leser durch ihre intensiv erlebte Lebensetappe. Martina Bund macht Mut, nie die Hoffnung aufzugeben, ans Leben und an die Liebe zu glauben. Ein Beweis, dass Lebensmodelle nicht nur gedacht, sondern auch gelebt werden können."
Claudine Krause, 2016 bei Amazon